일본어 교육의 다양한 접근

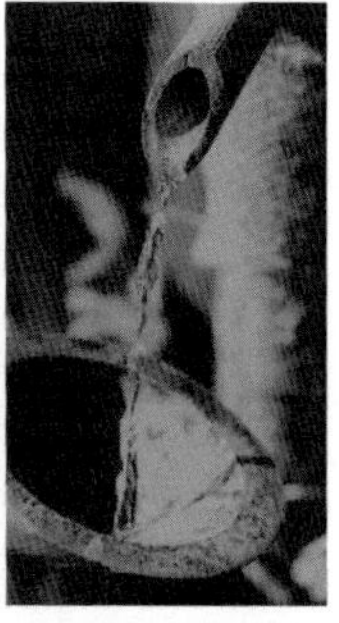

일본어 교육의 다양한 접근

이명희 · 정희영 공저

- CALL에서 학습자 특성에 따라 시각 및 청각 정보 제시가 일본어 독해에 미치는 효과
- 수행평가의 이해 및 일본어 수업에 있어서의 실제
- 외국어과 수행평가 도구 개발
- 일본어 가상교육을 위한 운영의 실제 및 제안
- Seoul Digital University 일본어 가상 강의를 통한 학습자 준비도 분석 및 제안
- 일본어 문제은행 구축을 위한 문항 분석
- 일본어 수업 설계를 위한 학습자 필요분석에 대한 연구

한국학술정보[주]

머 리 말

　이 책은 일본어 교육에 오랫동안 종사해 오면서 한국의 실정을 반영한 현장연구의 필요성을 절감해 오던 중 일본어 교육의 다양한 접근을 시도해 온 연구 결과를 하나로 묶어 놓은 것이다. 급변해가는 시대적인 상황 속에 변모하는 일본어 교육 현장이나 학습자에 대한 연구 방향도 그에 발맞추어 나가야 한다고 여기기에 그 결과가 아직 부족한 점도 있지만, 이 분야를 연구하고자 하는 후학들에게 다소나마 도움이 되었으면 하는 바람이다.

　총 구성은 7가지 테마로 다음과 같다.
1. CALL에서 학습자 특성에 따라 시각 및 청각 정보 제시가 일본어 독해에 미치는 효과 – 독해 학습과 정보 제시와의 관계를 실험적 연구를 통해 설명하고 있다.
2. 수행평가의 이해 및 일본어 수업에 있어서의 실제 – 현장에서 활용 가능한 다양한 수행평가의 실제를 제안하고 있다.
3. 외국어과 수행평가를 위한 도구 개발 – 웹 기반 평가도구 개발을 위한 과정을 설명하고 있다.
4. 일본어 가상 교육을 위한 운영의 실제 및 제안 – 가상 대학 운영 과정을 소개하며, 가상교육의 질적 향상을 위한 운영의 실제 및 제안을 하고 있다.
5. 일본어 가상 강의 학습자 분석을 통한 학습자 준비도 분석 – 면대면 교육과는 다른 가상공간에서의 학습의 원활함을 위해 학습자 준비도를 분석하였다.
6. 일본어 문제은행구축을 위한 문항 분석 – 문항반응이론을 적용하

여 문항의 질을 관리할 수 있는 문제은행 구축을 위한 문항 분석
을 제안하고 있다.
7. 일본어 수업 설계를 위한 학습자의 필요분석에 대한 연구—수업
의 출발인 학습자의 필요분석을 설문을 통해 하였다.

이 책을 마무리하기까지 성심껏 도와준 학술정보원 관계자분들에게
감사드립니다.

2008년 2월 이 명희·정 희영

차 례

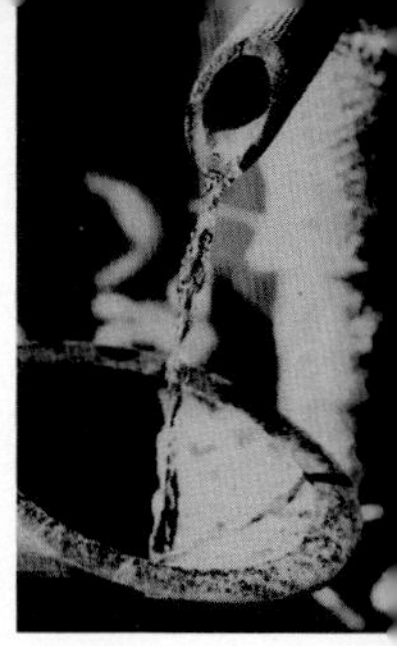

제1장

CALL에서 학습자 특성에 따라 시각 및 청각
정보 제시가 일본어 독해에 미치는 효과

I. 서 론

A. 연구필요성 및 목적

컴퓨터의 하드와 소프트의 발달과 함께 교육현장은 하루가 다르게 변하고 있다. 그러나 현실적으로 우리 교육현장은 이러한 외부적 변화의 물결을 바로바로 수용하기에 아직은 역부족인 것 같다. 특히 일본어와 같은 제2외국어 교육 영역에 있어서의 컴퓨터 관련 연구는 국내외적으로 참으로 부족하다. 물론 미국을 위시하여 가까운 일본 등에서는 컴퓨터를 이용한 멀티미디어 학습에 대한 많은 연구 논문이 발표되고 있는 것이 사실이다.

하지만 이러한 논문의 대부분은 기존의 전통적 수업에 비해 컴퓨터를 이용한 멀티 수업이 효과적이라는 혹은 다양한 매체를 통한 학습이 교사 주도적 학습과 비교해 효과적이라는 극히 제한적 연구에 그치고 있는 것 또한 사실이다.

이는 최근 홍수처럼 밀려드는 멀티미디어에 의한 정보화 시대에 있어 보다 타당하고 신뢰할 수 있는 소프트웨어를 제작하기 위한 기초 실험이 필수 불가결한 것임을 시사한다 할 것이다. 즉 컴퓨터의 활용이 막연히 학습에 있어 효과적일 것이라는 추측이 아니라, 컴퓨터에 의한 어떠한 정보 제공이 어떠한 학습자에게 어떤 교과에서 얼마만큼 가치 있는가에 대한 구체적인 연구가 이루어져야 하는 것이다.

이에 본 연구는 CALL(Computer Assisted Language Learning)에서 시각 및 청각 정보 제시가 학습자 특성에 따라 일본어 독해에 미치는 효과를 규명해 보고자 한다.

B. 연구 문제

본 연구의 목적을 달성하기 위하여 다음과 같이 연구 문제를 설정하였다.

1. CALL에서 지능에 따라 독해 관련 정보 제시 유형들은 독해에 차이가 있는가?
　① 학습자 지능이 높을 때 정보 제시 유형들은 독해에 차이가 있는가?
　② 학습자 지능이 낮을 때 정보 제시 유형들은 독해에 차이가 있는가?

II. 이론적 배경

A. 지능

수업 방법을 명확히 하고 다른 여러 측면을 충분히 고려한 어떤 수업 방법이 있다고 할 때, 그 수업은 모든 학습자에게 동일한 효과를 가져오는가라는 질문에 대해 우리는 흔히 학습자의 개인차에 관해 이야기하게 된다. 즉 모든 학습자에게 동일한 수업 방법이 아니라 학습자 특성에 따라 학습자 개개인에게 적합한 수업 방법을 고려한 교육이 이루어져야 한다는 주장이 있어 왔다.

인간의 여러 특성 중에서 정신적 능력을 개념화한 지능은 Binet 이후 특히 학업성취와 관련하여 매우 중요한 개념으로 여겨져 오고 있다. 이는 지능과 학업 성취와의 상관계수가 '60-70'이라는 사실에서도 잘 알 수 있다. 지능 이외의 학습자 특성이 이만한 정도의 공변량 관계를 갖는 일은 없기 때문이다.

지능이 무엇인가에 대한 개념 정의와 그 구성 요인 등에 대해서는 연구자에 따라 상당히 다른 견해차가 나타나고 있다. Terman은 지능을 '추상적으로 사고할 수 있는 능력'으로, Wechsler는 '목적적으로 행동하고 합리적으로 사고하고, 처해 있는 환경을 효과적으로 처리할 수 있는 종합적 능력의 가능성'으로 보고 있다. 또한 Freeman은 지능을 ① 전체 환경에 처한 개인의 적응성, ② 학습할 수 있는 능력, ③ 추상적 사고를 수행할 수 있는 능력으로 정의했다. 첫째로 지능은 전체생활 장면에서 일어나는 문제나 상황을 잘 처리해 낼 수 있는 능력을 말하고, 둘째 지능이 교육될 수 있는 가능성을 지적하며, 셋째로서는 언어적 및 수리적 추리력을 상징하고 있다고 분석했다.

이러한 지능이 어떠한 요인으로 구성되어 있느냐 하는 것도 학자에 따라 다르게 주장되고 있다. Terman은 지능이 단일한 일반 능력으로 구성되어 있다고 보았으며, Spearman은 하나의 일반 능력과 몇 개의 특수 능력으로, Thorndike나 Thurstone은 몇 개의 특수화되고 비교적 독립적인 요인들로, Guilford는 120여 개의 특수 요인, 중간 요인, 일반 요인들이 위계를 이루며 구성되어 있다고 하였다.(김재준, 1986)

이러한 지능의 정의와 구성 요인에 관한 주장들을 배경으로 만들어진 지능검사에서 실제로 측정하고 있는 지능 요인들은 대략 언어, 수, 도형 등을 내용으로 해서 기억력, 인지력, 사고력으로 되어 있다고 하겠다.

본 연구에서 자료로 쓰인 고등학교용 집단 1지능 검사는 일반 요인의 입장에서 다요인적 해석도 가능하도록 제작되었던 것으로 언어 적용, 언어 추리, 산수 추리, 수열 추리, 도형 추리 등의 요인을 기준으로 언어·수·도형을 내용으로 하여 언어 능력과 특수 사태에서 원리를 발견하고 적용하는 능력의 정도를 측정하고 있다.

B. 정보의 정의 및 유형

1. 정보의 정의

정보는 그 특성상 상대성과 개별성을 띠고 있다.(東京大學, 1971) 먼저 '상대성'이란 예를 들어, '정보가 거기에 있다'는 것은 '컵이 거기에 있다'라는 것과 같이 객관적으로 말할 수는 없다. '정보가 있다'고 하기 위해서는 반드시 누군가 그것을 받는 사람, 또는 그 대상이 있어야만 하기 때문이다. 즉 도형이나 소리와 같은 물리적 실체는 객관적으로 존재하는 것이나, 그것을 정보로서 인식하려면 누군가가 그것을 받아들이고 그것을 어디엔가 이용하거나, 혹은 이용하고자 하려는 의도가 전제되어야 한다. 이때 비로소 정보로서의 상대적 가치를 띠게 되는 것이다.

또한 정보는 개별적 특성이 있다. 예를 들면 어떤 숫자가 있다고 하자. 그러나 그것을 읽는 것만으로는 정보가 되지 않으며, 그것이 무엇에 관한 숫자인가, 예를 들면 누구누구의 무슨 과목의 점수라든가 하는 정보의 발생원에 관한 지식이 함께 함으로써, 또는 처음부터 그 정보를 받아들이는 사람의 머릿속에 그 지식이 있을 때에 한해서만 정보로서의 개별적 기능이 생겨나는 것이다.

따라서 정보란 '그 정보의 발생원에 관한 지식이나 배경을 근거로 하여, 그것을 어떤 것과 관련지어 이용할 수 있는 단서와 같은 것'이라 정의할 수 있을 것이다.(정희영, 1998)

2. 정보의 유형

1) 시각정보

학습과정에서 적절하게 제시된 시각정보는 다음과 같은 다섯 가지의 특성들이 있다.(변영계·김영환, 1997)

① 시각적으로 제시된 정보는 주어진 공간 안에서 언어적 정보보다

많은 양의 정보를 제시할 수 있다.

② 언어적으로 설명할 때는 복잡해지는 내용을 시각적 제시를 통해 단순화시킬 수 있다.

③ 언어나 어휘가 가지는 추상성을 명료하게 해준다.

④ 앞으로 제시될 정보에 대한 선행조직자의 역할을 한다.

⑤ 시각적으로 인지된 정보의 파지 시간이 언어적으로 제시된 것보다 길다.

2) 청각정보

청각정보는 학습자의 즉각적인 반응을 유도해 낼 수 있고, 그에 따라 다양하고 창조적인 학습 내용을 수업 과정에서 재구성할 수 있기 때문에 현장성이 강한 정보 유형이라 할 수 있다. 따라서 시각정보에 비해 다음과 같은 장점이 있다.(Tannen, 1982)

① 시각정보에 비해 다양성을 유지할 수 있다. 즉 시각적 전달매체에 비해 청각은 의미가 담겨 있는 내용 전달 외에 주변 상황에 따른 언어 외적인 준언어음(extra-speech sounds)인 억양, 음의 세기, 어조, 운율 따위를 활용할 수 있다.

② 청각정보는 계획적인 자료제시인 시각정보에 비해 비교적 즉각적인 정보 제시가 가능하다. 즉 그때그때의 학습 현장에서 요구되는 상황에 따라 학습 목표에 좀더 쉽게 접근하기 위한 순간적인 대처를 할 수 있다.

③ 청각정보는 본래 전달하고자 하는 정보 내용을 전달하고자 부수적으로 필요한 설명, 묘사 따위가 가능하기 때문에 시각정보에 비해 풍부한 표현성을 유지할 수 있다.

④ 정보 활용의 포괄성을 들 수 있다. 청각정보는 수업 현장에서 제

시되는 시각매체에 의한 정보보다 훨씬 더 사태 종합적 측면에서 다양하게 정보를 분석해 낼 수 있다는 것이다. 이때, '사태 종합적'이라는 의미는 정보 제시와 정보 수용자 및 그들을 한데 묶어 주고 있는 시·공간적인 상황의 총체를 말한다.

⑤ 청각정보는 시각정보에 비해 전달적 측면에서 보아 다소 모호성을 띠거나 잉여적 표현이 나타날 수 있으나, 사태 진행 곧 수업 진행 과정상 역동적(dynamic)인 속성을 띤다. 이는 수업 진행 과정상 나타나는 갑작스런 사태에 대처할 수 있으며, 또한 수업을 꽤 신속하게 진행시켜 나갈 수 있다는 장점을 지닌다.

⑥ 청각정보는 철저히 상황 의존적이며 또한 비형식적(informal)인 속성을 띤다. 여기서 비형식적이라 함은 흔히 수업 상황에서 나타날 수 있는 비문법적, 비격식화된 청각적 자료 제시를 말한다. 이는 의도적인 계획에 따라 잘 조직화되어 제시되는 시각적 정보에 대해 상대적으로 나타날 수 있는 청각정보만의 특성으로 파악된다.

요컨대 청각정보는 시각적 인지 수단을 이용하는 시각정보와는 달리, 구체적인 음성인식 정보를 그 바탕으로 한다. 따라서 청각적 인지도의 정도가 정보의 효율성을 가늠하게 된다.

C. 지능수준 및 정보 제시의 상호작용과 독해

Omaggio는 ESL 학습자가 읽기나 듣기 과정에서 친숙하지 않고 어려운 입력을 받으면 그들의 언어 지식의 부족 때문에 예측 불가능한 상태가 된다고 가정하고, 그림(visual context)의 형태로 부가적인 문맥 정보를 제공하면 적절한 학습자의 배경 지식이 활성화되어 이해가 훨씬 쉬어진다고 했다. Omaggio는 모어인 영어와 목표어인 프랑스어에 있어서의 독해 측정에 그림의 영향을 면밀히 연구하였는데, 그림과 교재 유형의 두 독립변인을 사용하였다. 그림은 6단계의 변인으로 ① 그림 제공 안 함, ② 이야기 제목을 암시하는 한 가지 사물을 묘사한 그림을 사전에 제공, ③ 사전 읽기 단계에서 이야기의 첫 부분부터의 행동을 묘사하는 그림 제공, ④ 사전 읽기 단계에서 이야기의 중간 부분부터의 행동을 묘사하는 그림 제공, ⑤ 사전 읽기 단계에서 이야기의 끝 부분부터의 행동을 묘사하는 그림 제공, ⑥ 사전 읽기 단계에서 세 개의 그림이 동시에 제공된 집단으로 구성하였다.

이 실험의 결과는 모어(English)와 목표어(French)의 독해에 있어서 다양한 그림 제시 조건에 따른 서로 다른 결과를 유의미하게 보여 주었다. 이 연구에서 그림이 모어 독해에 미치는 영향은 유의하지 못했는데, 특히 읽기 자료가 짜임새 있고 이해하기 쉬울 때는 더욱 그렇다. 반면 목표어인 프랑스어를 읽는 학생들에게 삽화는 상당히 유의미한 효과를 나타냈다.

이 실험은 또한 ESL에서 이해력을 높이는 데 모든 그림이 똑같이 효과적인 것은 아니라는 사실을 보여주었다. 그림 자체로서 효과적인 결과를 보인 것은 이야기 첫 부분의 행동을 묘사한 것뿐이었다. 다른 삽화들은 비교적 덜 효과적이었는데, 이야기의 뒷부분에서 일어나는 사건에 대한 삽화가 오히려 첫 문단의 이해를 어렵게 하거나(⑤의 경우), 한꺼번에 너무 많은 부가적인 정보를 제공하여 이야기 전체에 혼돈을 가져오거나(⑥의 경우), 너무 적은 문맥 정보만을 제공하여 학생들이 적절한 배경지식을 활성화시키는 데 실패한 경우(②의 경우)가 그렇다.

Omaggio의 연구는 그림이 제공하는 문맥 정보는 중, 하위권 학습자가 적절한 배경지식을 활성화하여 읽기 자료를 이해하는 데 효과적임을 보여줄 뿐만 아니라, Bransford & Johnson(1972)의 연구에서처럼 적절하지 못한 삽화는 학습자의 배경 지식에 오히려 부정적인 영향을 준다는 것을 보여 주었다. 언어 능력이 높은 학습자들에게 유의한 효과가 나타나지 않은 것은 그들에게 그림은 잉여적인 정보에 지나지 않기 때문이다.

그리고 Croll(1983 in Croll, et al. 1986)은 학습능력이 부족한 아동들의 독해에 그림이 미치는 촉진적 효과를 검증하였다. 특수교육학과의 대학 4년생이 무작위로 4학년에서 6학년에 걸쳐 학습능력이 결여된 학습에 있는 읽기 기능이 부족한 독자의 개인 교사로 배치되었다. 한 개인 교사 집단은 단어 학습, 구두 읽기, 문장 만들기, 이야기에 관한 질문하기를 사용하여 통제 집단에서 재학습 단계의 읽기 수업을 제시하였다. 동일한 기간에, 다른 개인교수 집단은 단지 그림만을 사용하여 실험집단을 지도하였다. 그 학생들은 유도되는 질문을 이용하여 그림을 해석하였다. 실험 집단은 이야기를 읽지 않고, 단지 그림 내용을 토론하고 해석하였다. 이 집단은 Iowa Test of Skills의 독해 하위 테스트에서 통제 집단보다 훨씬 높은 점수를 받았다. Croll은 독해는 활자화된 담화의 사용 없이도 촉진될 수가 있다고 보고 있으며, 그림의 해석과 관련된 능력은 독해와 관련된 능력과 거의 유사한 것으로 보고 있다.

Ⅲ. 가 설

이상의 이론적 배경을 토대로 본 연구의 연구 문제에 따라 설정된 가설은 다음과 같다.

<가설 Ⅰ> CALL에서 학습자 지능의 높고 낮음에 따라 독해 관련 정보 제시 유형들은 독해에 의의 있는 차이를 나타낼 것이다.

가설 1-1 학습자 지능의 높을 때 시각정보 제시, 청각정보 제시, 시각 및 청각 정보 제시는 독해에 의의 있는 차이를 나타낼 것이다.

가설 1-2 학습자 지능의 낮을 때 시각정보 제시, 청각정보 제시, 시각 및 청각 정보 제시는 독해에 의의 있는 차이를 나타낼 것이다.

Ⅳ. 연구 방법

A. 대상

본 연구의 대상은 본 연구자들이 임의로 선정한 부산광역시 소재 J 고등학교 1개 교 2학년 3개 반 156명이었다.

연구 대상 3개 반을 지능[1]에 따라 각각 상(15명), 중(22명), 하(15명) 집단으로 나누어, 1반 학생에게는 시각정보 제시 프로그램을, 2반 학생에게는 청각정보 제시 프로그램을, 3반 학생에게는 시각 및 청각 정보 제시프로그램을 이용하여 실험하였다.

그리고 연구 대상 156명 가운데, 지능 중(22×3) 집단은 결과 분석 자료에서 제외시켜, 최종적으로 6집단(15×2×3) 90명을 분석 대상으로 하였다.

본 연구 분석 대상의 집단 간 동질성 여부를 알아보기 위해 사전 검사 점수를 F검증하였다. 그 결과는 <표 1>과 같다.

---

1) 한국교육개발원에서 개발한 집단지능검사(연구자 박경숙, 현주, 박효정, 이재분, 1993)에 따른 결과를 기준으로 하였음.

<표 1> 사전 검사 결과 분석 결과

	제곱합	자유도	평균제곱	F
집단 간	706.00	5	141.20	.580
집단 내	20457.60	84	243.54	
합 계	21163.60	89	237.79	

$p > .05$

<표 1>에 의해 여섯 집단 간 사전 검사 평균치는 의의 있는 차이가 없는 동질집단임이 확인되었다.

B. 도구

1. 측정 도구

1) 독해 사전·사후 검사

독해 사전 검사는 실험 집단 간의 동질성을 검증하기 위한 것으로서, 독해 사후 검사는 실험 처치의 효과를 검증하기 위한 것으로서 본 연구자들이 제작하였다. 검사지의 지문은 시판 고등학생용 교재 중 하나인 ≪すらすら 日本語≫[2]에서 발췌하였다. 이 검사는 지문에 대한 요지와 주제문 파악, 관련 내용 찾기, 분위기 파악하기 등과 주요 단어에 대한 빈칸 메우기를 요구하는 문항들로 이루어졌으며, 문항 수는 20문항으로 단답형 5문항, 4～5지 선택형 15문항으로 구성하였다.

---

2) 안병곤 외6. 1998. すらすら 日本語. 성안당.

2. 실험 도구

1) CALL프로그램

(1) 개발 환경

본 연구에서 제작된 프로그램은 Asymetrix사에서 개발한 저작도구인 멀티미디어 툴북(multimedia tool book 4.0)을 사용하여 Windows 95, 256칼라 환경에서 본 연구자들이 개발하였다.

(2) 프로그램 개발 절차

① 학습 내용 선정

실험에 사용된 컴퓨터 보조 언어학습 프로그램의 내용은 연구대상 학생들이 교과서로 사용하고 있는 성안당 일본어의 부교재 ≪すらすら日本語≫를 분석・발췌하여 학습 자료 및 과제로 사용하였다.

② 학습 내용 분석 및 조직

학습 내용은 지문의 난이도가 비슷한 것으로 선택하기 위해, 첫째 학습 내용의 인지도, 둘째 학습 내용의 난이도 등이 검토되었다. 이 과정을 통하여 검토된 사항은 다시 학습 내용 선정에 피드백되어 수정・보완되었다.

③ 교수설계 및 화면 설계

이 단계에서는 학습 내용 분석 및 조직에서 도출된 사항들을 실제로 컴퓨터 화면상에 어떻게 구현할 것인지를 결정하였다. 즉 선정, 분석・조직된 학습 내용을 바탕으로 우선 지문 내용과 관련된 그림을 그려 스캐너 화상으로 읽어 들였다. 다음으로 교재에 첨가되어 있는 테이프에서 상황 재현 부분을 발췌하여 웨이브 파일(wave file)로 저장해 두었다.

이상과 같이 정보 제시 방법에 따른 준비를 완료하고, 각각의 지문에 대한 문제 제시 방법을 결정하였다.

④ 프로그래밍

이 단계에서는 학습 내용 선정, 분석·조직에 따른 교수 설계 및 화면 설계에서 도출된 사항들을 실제로 컴퓨터 화면상에 저작도구인 멀티미디어 툴북(multimedia tool book 4.0)을 사용하여 본 연구자들이 개발하였다.

⑤ 수정 및 보완

프로그램 후 프로그램 전문가의 도움을 받아 프로그램 진행상 발견되는 오류와 문제점을 토대로 하여 프로그램의 수정 및 보완 작업이 이루어졌다.

(3) 프로그램의 구조

본 연구를 위해 3개의 CALL 프로그램(시각정보 제시 프로그램, 청각정보 제시 프로그램, 시각 및 청각 정보 제시 프로그램)을 개발하였다. 3개의 프로그램은 동일한 지문 내용을 가지고 있으며, 단지 사전 읽기 단계에서의 정보 제시에 차이가 있을 뿐이다.

프로그램 구조에 있어 특징은, 학습자가 원하는 정보에 접근하려 할 때 현재의 위치에서 이동하고자 하는 특정 위치에 곧장 접근할 수 있도록 하였다는 것이다. 즉 이 프로그램은 순차적 이동은 물론, INDEX 화면을 경유함으로써 원하는 화면으로 바로 이동할 수 있는 비순차적 이동도 가능하다.

① 시각정보 제시 프로그램

지문 내용과 관련된 그림이 제시되는 화면이다. 지문이 대부분 회화 위주의 짧은 단문이기에 그림이 담고 있는 내용은 가능한 지문 전체의 분위기를 암시할 수 있도록 했으며, 청각정보가 담고 있는 정보와 그 수준이 유사할 수 있도록 제한했다.

단, 시각 및 청각 각각의 프로그램 지문은 히라가나(ひらがな)와 카타카나(カタカナ)를 주로 사용하며 한자(漢字) 사용을 가능한 최소화했다. 이것은 한자를 섞어 사용할 경우, 한자에 대한 학습자의 학습 정도 차에 따른 학습 간섭을 배제하기 위해서이다.

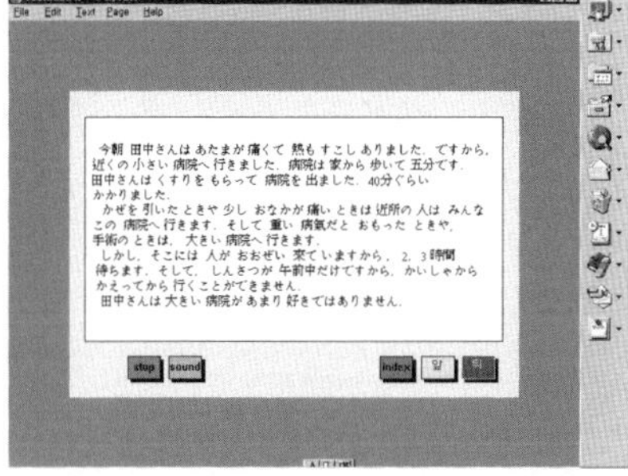

〈그림 1〉 시각정보 제시 프로그램	〈그림 2〉 청각정보 제시 프로그램

② 청각정보 제시 프로그램

지문 내용을 실지 상황으로 재연한 것을 들려주는 프로그램으로, 청각정보는《すらすら 日本語》에 첨가되어 있는 테이프에서 발췌하여 웨이브 파일로 재현하였다.

그리고 청각정보가 제공되는 프로그램에 한하여 Sound 버튼이 있다. 청각정보가 제공되는 프로그램은 새로운 지문을 선택하면 자동적으로 지문 화면이 청각정보 제공과 함께 시작되도록 되어 있다. 그리고 학습자는 Sound 버튼을 누르면 몇 번이고 다시 반복해서 들을 수 있다. 또한 Stop 버튼을 이용해서 언제든지 청각정보를 제어할 수 있다.

③ 시각 및 청각 정보 제시 프로그램
그림 및 청각정보 제시 프로그램은 ①+②로 구성되어 있다.

(4) 프로그램의 주요 화면

① 프로그램의 표지화면과 INDEX 화면

프로그램이 시작되면 <그림 7>과 같은 표지화면이 제시된다. 학습자가 '시작' 버튼을 클릭하면 경쾌한 음악과 함께 잠자리가 애니메이트되면서 학습자의 관심을 유도하고, 약 5초 후에 다음 화면(INDEX 화면)으로 자동 이동한다.

INDEX 화면(목차 화면)은 학습자가 학습해야 할 사항들의 목록이 제시되어 있다. INDEX 화면에서 원하는 Text나 그림, 문제 등이 제시되어 있는 곳으로 마우스를 이동하면 마우스 이동에 따라 가로 막대 모양으로 화면색이 변하는데, 이때 원하는 곳을 더블 클릭하면 곧바로 이동된다.(<그림 4> 참조)

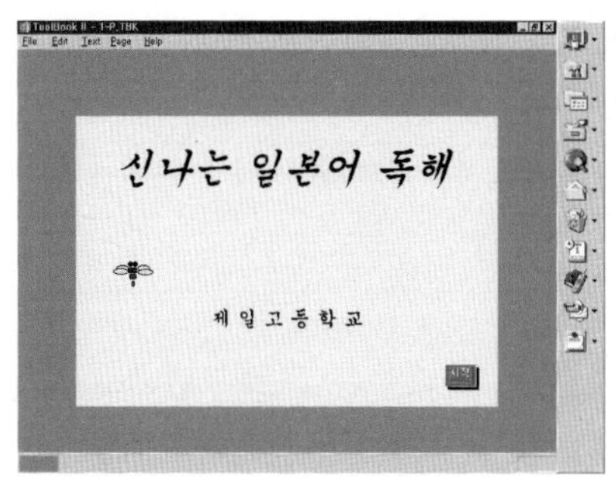

〈그림 3〉 표지화면

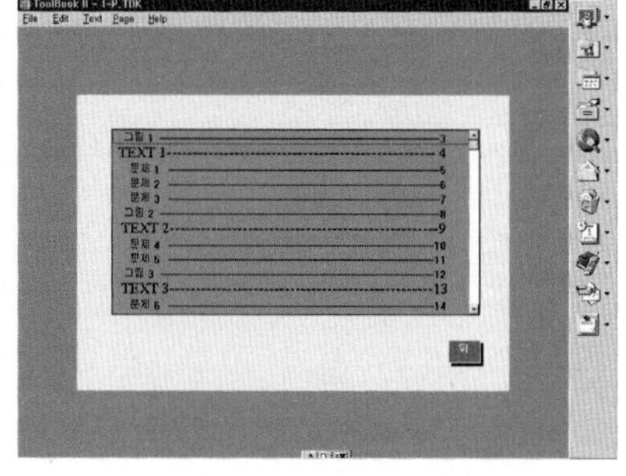

〈그림 4〉 INDEX 화면

② 공통 버튼의 기능

본 연구를 위한 컴퓨터 보조 언어학습 프로그램에 사용된 공통된 버튼에는 'INDEX' 버튼, '앞' 버튼, '뒤' 버튼이 있다. 'INDEX' 버튼은 비순차적으로 진행할 수 있도록 하는 버튼이다. 학습자는 프로그램 진행 중 'INDEX' 버튼을 클릭하여, INDEX 화면을 경유함으로써 원하는 화면으로 바로 이동할 수 있다. '앞' 버튼과 '뒤' 버튼은 순차적으로 진행할 수 있도록 하는 버튼인데, 이전 화면 또는 그 다음 화면으로 이동할 수 있도록 하는 버튼이다.

이상 세 종류의 버튼은 화면 하단 오른쪽에 순서대로 위치한다.

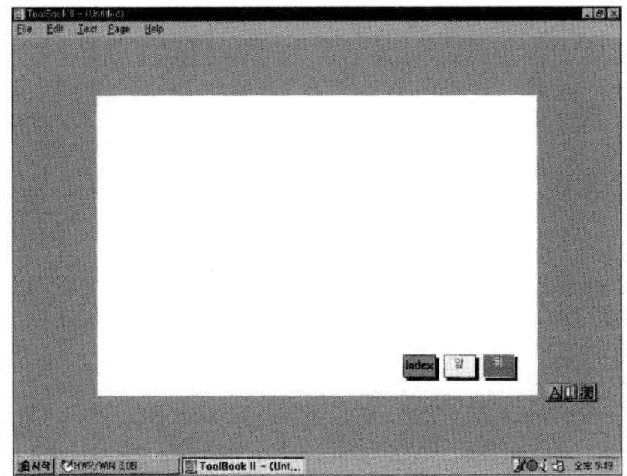

〈그림 5〉 공통 버튼 화면

③ 문제 화면

문제는 4지선다로, 단어나 문법적인 것이 아니라, 전체적 맥락이나 요지 파악과 관련 있는 것이다.

문제에 대한 학습자 선택 답이 오답일 경우 문제에 오답 신호음이 피드백으로 즉시 제공되며, 학습자는 다시 동일한 문제를 풀게 된다. 그리고 정답을 클릭하게 되면 나머지 오답들이 일시적으로 사라지면서 정답만 화면에 남게 된다. 그리고 곧바로 정답 신호음이 피드백되면서 다음 화면으로 자동 이동된다.

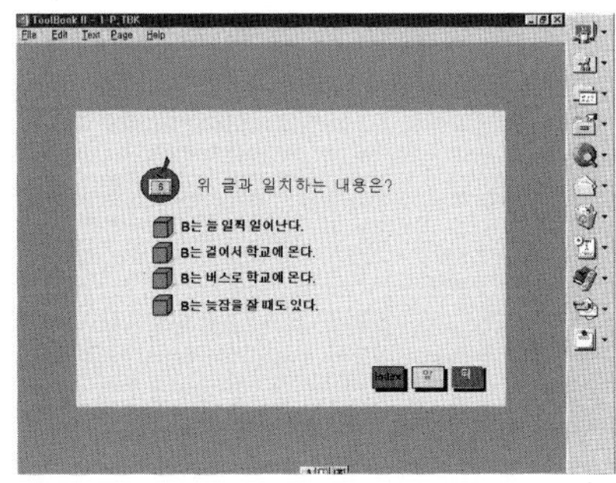

〈그림 6〉 문제 화면

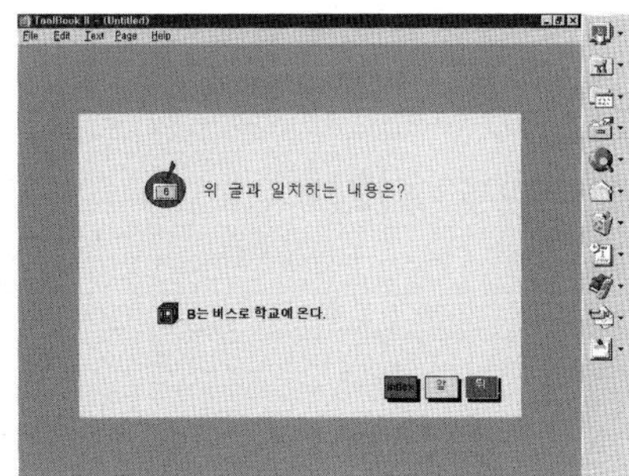

〈그림 7〉 정답 화면

C. 실험 설계

　본 연구의 독립변인은 정보 제시 유형(시각 및 청각)이고, 매개 변인은 지능 수준이며, 종속 변인은 일본어 독해이다.

D. 실험 처치

순 서	활 동	일 정
1	연구대상 선정 및 실험 집단 구성	98년 7월 1일~31일
2	프로그램 설계 및 개발	98년 8월 1일~9월 30일
3	사전 검사 실시	98년 10월 20일
4	실험 처치1	98년 10월 27일
5	실험 처치2	98년 11월 2일
6	실험 처치3	98년 11월 9일
7	사후 검사실시	98년 11월 9일
8	통계처리	98년 11월 10일~20일

E. 통계 처리

　본 연구의 가설들을 검증하기 위하여 사후 검사 결과들을 F검증하였다. 이러한 통계 처리는 SPSS / PC + 통계 프로그램을 이용하였다.

V. 결과 및 논의

A. 결과 및 해석

1. 정보 제시 유형 및 지능과 독해

<CALL에서 학습자 지능의 높고 낮음에 따라 독해 관련 정보 제시 유형들은 독해에 의의 있는 차이를 나타낼 것>이라는 본 연구의 <가설 I>을 검증하기 위하여, 사후 검사 결과를 F검증하였다. 그 결과는 <표 2>, <표 3>과 같다.

<표 2> 사후 검사 결과의 평균 및 표준 편차

집단별		N	평균	표준 편차
H[3)	P	15	63.53	14.4
	S	15	77.40	14.56
	PS	15	68.80	13.25
전 체		45	69.91	14.95
P	P	15	64.93	14.34
	S	15	76.66	15.19
	PS	15	77.66	10.66
전 체		45	73.08	14.46

〈표 3〉 사후 검사 결과의 분석

		제곱합	자유도	평균제곱	F
H	집단－간	1469.91	2	734.95	3.687
	집단－내	8371.73	42	199.32	
	합 계	9841.64	44		
L	집단－간	1504.04	2	752.02	4.098
	집단－내	7707.60	42	183.51	
	합 계	9211.64	44		

$p < .05$

<표 3>에 제시된 바와 같이 <가설 I>은 CALL에서 학습자 지능의 높고 낮음에 따라 독해 관련 정보 제시 유형들은 학업성취에 차이를 나타내었으며, 이것은 통계적으로 의미 있는 차이였다.($p < .05$) 구체적으로 어느 유형 간의 차이가 있는지에 대한 하위 가설, <1－1 학습자 지능의 높을 때 시각정보 제시, 청각정보 제시, 시각 및 청각 정보 제시는 독해에 의의 있는 차이를 나타낼 것이다>와 <1－2 학습자 지능의 낮을 때 시각정보 제시, 청각정보 제시, 시각 및 청각 정보 제시는 독해에 의의 있는 차이를 나타낼 것이다>를 알아보기 위해 Scheffè 검증한 결과는 <표 4>와 같다.

〈표 4〉 Scheff 검증결과

	P	S	PS
H	*	*	
L	*		*

<표 4>에 제시한 바와 같이 지능이 높은 집단에서는 시각정보 제시와 청각정보 제시간에 의의 있는 차이가 있었고, 지능이 낮은 집단에

---

3) H－지능 높은 집단, L－지능 낮은 집단, P－시각정보 제시 집단, S－청각 정보 제시집단, PS－시각 및 청각 정보 제시 집단

서는 시각정보 제시와 시각 및 청각 정보 제시간에 의의 있는 차이가 있었다. 즉 지능이 높은 집단에서는 시각정보 제시 집단의 평균은 63.53, 표준 편차는 14.49였으나, 청각정보 제시 집단의 평균은 77.40, 표준 편차는 14.56으로 평균이 13.87이나 높았다. 또한 지능이 낮은 집단에서는 시각정보 제시 집단은 평균은 64.93, 표준 편차는 14.35였으나 시각 및 청각 정보 제시 집단의 평균은 77.66, 표준 편차는 10.66으로 평균이 12.73이나 높았다.

따라서 학습자 지능의 높을 때 시각정보 제시, 청각정보 제시, 시각 및 청각 정보 제시는 독해에 의의 있는 차이를 나타낼 것이라는 하위 <가설 1-1>과 학습자 지능의 낮을 때 시각정보 제시, 청각정보 제시, 시각 및 청각 정보 제시는 독해에 의의 있는 차이를 나타낼 것이라는 하위 <가설 1-2>는 긍정되었다.

이러한 결과는 CALL에서 지능이 높은 학습자에게는 일본어 독해에 있어 청각정보가 더 효과적이며, 지능이 낮은 학습자에게는 일본어 독해에 있어 시각 및 청각 정보 제시가 더 효과적인 것으로 해석된다.

B. 논의

본 연구는 최근 수업에 있어서의 멀티미디어 매체의 활용에 대한 급격한 본 연구에서는 CALL에서 학습자 특성에 따라 시각 및 청각 정보 제시가 일본어 독해에 미치는 효과를 규명해 보았다.

끝으로 본 연구에서의 연구 결과를 토대로 다음과 같이 제언한다.

첫째, CALL 프로그램에 있어 지능 이외의 학습자 특성을 고려한 연구가 요청된다.

둘째, CALL 제작에 있어 학습자 특성에 따른 정보 제시 유형을 결정할 수 있으므로, 불필요한 데이터베이스 구축을 줄일 수 있을 것으로 사려된다.

셋째, 컴퓨터의 하드와 소프트의 발달에 의해, 차후 보다 다양한 정보 제시 유형 및 학습자 특성에 따른 연구의 기초가 되리라 사려된다.

넷째, 학교 현장에서의 보다 과학적인 일본어 독해 지도 자료가 될 것으로 사려된다.

요컨대 이상과 같은 기대 효과에 의해 멀티미디어가 만능이라는 고정관념의 변화가 기대되며, 보다 학습자에게 근접한, 교과에 타당한 그리고 학습 결과를 신뢰할 수 있는 CALL 프로그램 개발이 기대된다.

참고문헌

강숙희(1995). 외국어 어휘 학습에 있어서의 컴퓨터를 이용한 맥락적 접근 방법의 효과. 교육공학연구, 11(2). 한국교육공학회.

김재준(1986). 학습자 특성의 수준에 따르는 교사의 의사소통 유형별 수업 방식이 학업성취도에 미치는 영향에 관한 연구. 서울대학교 대학원 석사학위 논문.

김미숙(1996). 배경 지식의 활성화가 속독 독해 과정에 미치는 영향. 한국 교원대학교 대학원 석사학위 논문.

김재준(1986). 학습자 특성의 수준에 따르는 교사의 의사소통 유형별 수업 방식이 학업성취도에 미치는 영향에 관한 연구. 서울대학교 대학원 석사학위 논문.

김정겸(1997). 멀티미디어 CAI환경에서 상호작용 유형과 학습자 특성이 학습에 미치는 영향. 충남대학교 박사학위 논문.

김현정(1996). 지능 및 창의성과 학업성취 간의 관계에 대한 메타 분석. 숙명여자대학교 대학원 석사학위 논문.

박덕재(1994). CALL프로그램을 위한 영어교육 방법론의 개선 방향. 영어교육, 48. 영어교육학회.

변영계·김영환(1997). 교육방법 및 교육공학. 서울: 학지사.

백영균(1989). 컴퓨터 보조수업의 설계. 서울: 양서원.

백영균(1995). 학습용 소프트웨어의 설계. 서울: 교육과학사.

연준흠(1997). 내용과 형식스키마가 독해에 미치는 영향. 한국교원대학교 대학원 박사학위 논문.

이성녕(1990). 스키마 이론의 개념 및 한계. 서울대학교 대학원 석사학위 논문.

정희영(1998). 컴퓨터 보조 언어학습에서 그림 및 음성 정보 제시가 독해에 미치는 효과. 한국교원대학교 대학원 석사학위 논문.

허운나(1993). 미래학교에서의 첨단매체 활용 방안. 교육공학연구, 8. 한국교육공학회.

東京大學校(1971). 情報. 東京: 東京大學出版部. 권은경(역)(1983). 정보. 대구: 계명대학교 출판부.

東洋(1982). 敎育の 心理學的 基礎. 東京: 朝倉書店.

Bransford, J. D. & Johnson, M. K.(1972). Contextual Prerequisites for Understanding: Some Investigations of Comprehension and Recall. *Journal of Verbal Learning and Verbal Behavior*, 11, 712−726.

Carrell, P. L.(1983). Three Components of Background Knowledge in Reading Comprehension. *Language Learning*. 33(2), 83−207.

Croll, V. J.(1986). Bridging the Comprehension Gap with Picture. *Technical Report* No.399. (ERIC Document Reproduction Service, No. ED 282 177).

Dale, E(1969). *Audio Visual Methods in Teaching*, 3rd ed. NY: Holt Rinehart and Winston.

Dunkel, P.(ED).(1991). *Computer Assisted Language Learning and Testing: Research Issues and Practice*. NY: Newbury House.

Gagnè, R. M.(1985). *The Conditions of Learning*, 4th ed. NY: Holt Rinehart and Winston. 박성익·최영수(역)(1996). 학습의 조건과 교수이론. 서울: 교육과학사.

Hardisty, D. & Windeatt, S.(1989). *CALL*. Oxford: Oxford University Press.

Hayes, D. A. & Tierney, Robert J.(1982). Developing Readers Knowledge through Analogy. *Reading Research Quarterly*, 17(2), 256−280.

Mueller, G.(1980). Visual Contextual Cues and Listening Comprehension: An experiment. *Modern Language Journal*, 64, 335−340.

Omaggio, A. C.(1979). Pictures and Second Language Comprehension: Do they help?. *Foreign Language Annals*, 12, 107−116.

Omaggio, A. C.(1986). *Teaching Language in Context*. Boston. MA: Heinle & Heinle Publishers.

Tannen, D.(1982). *Spoken and Written Language*. Norwood. NJ: Ablex Pub. Corporation.

제 2 장

수행평가의 이해 및
일본어 수업에 있어서의 실제

──────────────── 요 약 ────────────────

　　본 연구에는 새 학교 문화 창조의 일환으로 탄력적으로 운영될 제7차 교
육과정에 따른 각 교과목별 수행평가의 지침이 필요함을 절감하고, 그 기초
작업으로 수행평가의 이해 및 제2외국어 영역 중 일본어 수업에 있어서의
그 실제를 들고 있다.

　　먼저 수행평가에 대한 기본적 이해 아래, 교수·학습 현장에서 실질적으로
수행평가를 적용하기 위한 그 절차를 제시했다.

　　또한 일본어 교과를 중심으로 수행평가의 실제를 연구했는데 우선 일본어
과 제7차 교육과정의 특징을 분석하였으며 그에 따른 듣기, 말하기, 읽기, 쓰
기, 문화 등의 영역에 있어 수행평가 채점 기준표 및 수행평가 일람표를 제
시하였다. 아울러 실수업으로 토론법 퍼즐법, 롤 플레이법 등에 의한 수행평
가의 예를 구체적으로 제시하였다.

　　끝으로 이상의 연구가 학교 현장의 실수업에 있어서 적극적으로 활용되기
를 기대한다.

Ⅰ. 서 론

A. 연구의 필요성 및 목적

제7차 교육과정이 계획됨에 따라 교육과정 운영과 관련된 학습자의 학습 능력 평가는 매우 중요하면서도 민감한 문제로 대두되고 있다. 더구나, 1999년 중등학교 1학년 신입생을 대상으로 한 7차 교육과정의 탄력적 운영 방침이 요구되는 새 학교 문화 창조 운동의 주된 관심 역시 평가 부분이라 아니할 수 없다.

즉 새로운 교육과정이 요구하는 교수·학습의 목적은 객관적인 것으로 믿어 왔던 지식이나 정보를 모든 학생들에게 획일적으로 가르치고 배우는 것이 아니라, 개별 학습자의 소질이나 특성에 맞추어 그 개인에게 의미 있는 지식이나 정보를 중심으로 하여 보다 조직적이고 체계적인 인지 구조를 가질 수 있도록 도와주고 격려하는 것이 된다. 다시 말해, 교수·학습의 주체는 개별 학생이 되며, 교사는 개별 학생이 능동적으로 배우고자 하는 지식이나 정보에 대한 적절한 안내자 및 나름대로의 학습을 조장하기 위한 촉진자 역할을 하게 된다.(백순근, 1998) 따라서 기존의 선택형 지필 평가를 지양하고 수업의 과정에서 이루어지는 교수·학습 활동과 접목된 보다 긴밀하고 직접적인 수행평가를 요구하고 있다.

그러나 지금까지의 교육부 및 한국교육개발원의 연구 현황을 분석해 보면, 새 교육과정 체제하에서의 학생들의 학습 과제 평가를 어떤 도구를 이용하여, 어떻게 해야 하는가에 대하여 구체적인 지침을 제시하지 못하고 있을 뿐만 아니라, 일선 학교 현장에서는 수행평가 그 자체에 대한 이해조차 부족한 것이 사실이다. 특히 이러한 현상은 수능 위주의 입시제도에 길들여져 있는 현 교육과정 속에서 어쩌면 소외되어 왔다고 할 수 있는 제2외국어 영역에서는 더욱 심각한 상황이라 할 것이다.

이에 본 연구에서는 새 학교 문화 창조의 일환으로 탄력적으로 운영될 제7차 교육과정에 따른 각 교과목별 수행평가의 지침이 필요함을 절감하고, 그 기초 작업으로 수행평가의 이해 및 제2외국어 영역 중 일본어 수업에 있어서의 그 실례에 관해 연구하고자 한다.

II. 본 론

본 연구에서는 수행평가의 기본적 이해 및 일본어 수업에 있어서의 그 실례에 관해 연구하고자 한다.

A. 수행평가의 이해

1. 수행평가의 개념

사전적 의미의 수행(遂行)이란 생각한 바를 행하여 냄, 계획대로 해 냄을 의미한다. 물론 Performance의 사전적 의미 역시 실행, 이행, 집행, 거행을 의미한다. 즉 사전적 의미를 바탕으로 한 일반적 수행이란 구체적인 상황하에서 실제로 말하거나, 듣거나, 쓰거나, 그리거나, 만들거나, 행동하는 과정 혹은 그 결과를 의미한다 할 것이다.

따라서 교육현장에서 기존의 교육평가 체제의 새로운 대안으로 제시되고 있는 수행평가란 "학생 스스로가 자신의 지식이나 기능을 나타낼 수 있도록 답을 작성(구안)하거나, 발표하거나, 산출물을 만들거나, 행동으로 나타내도록 요구하는 평가 방식"이라고 정의할 수 있다. 여기서 말하는 행동이란 단순히 신체를 움직이는 것만을 의미하는 것이 아니라 말하거나, 듣거나, 쓰거나, 그리거나, 만들거나 하는 인간의 모든 활동을 포함하는 것이다.

이러한 수행평가에서는 학생이 배우고자 하는 지식이나 기능을 평가함에 있어서 선택형 검사나 단답형 검사와 같이 정답을 선택할 수 있는 능력이나 단순한 지식이나 정보를 기억하는 능력이 곧 지식을 안다거나 기능을 습득했다고 가정하는 것을 부정하고, 학생이 답안을 작성(구성)하거나 행동으로 나타내는 것을 통해 지식이나 기능을 직접적으로 측정·평가하고자 한다.(백순근, 1998)

2. 수행평가의 특징

첫째, 수행평가는 기존의 선발, 분류, 배치를 위한 평가에서 진일보하여 지도, 조언, 개선에 그 목적을 두고 있다. 따라서 수행평가의 가장 큰 특징은 학생의 학습 과정을 진단하고 학생의 자기 주도적 개별 학습을 촉진하는 데 그 의의가 있다. 때문에 수행평가는 기존의 양적 평가가 아니라 질적 평가로 절대 평가 및 충고형 평가의 체제를 취해야 할 것이다.

둘째, 수행평가는 실제 상황하에서 학생이 스스로 정답을 작성하거나 행동으로 나타내도록 하는 평가방식으로 선언적 지식을 강조하던 기존의 일회적, 표준화된 선택형 평가와는 달리, 절차적 지식, 방법적 지식을 평가하는 데 그 중심을 두고 있다. 따라서 수행평가는 학습의 결과뿐만 아니라 학습 활동의 모든 과정도 함께 중시한다. 아울러 개인에 대한 평가뿐만 아니라 집단에 대한 평가도 함께 할 수 있다.

셋째, 수행평가는 학습 활동이 종료되는 시점뿐만 아니라 학습 활동의 모든 과정에서 수시로 개별 교사에 의해 이루어진다.

넷째, 따라서 수행평가는 지속적이고 종합적인 평가로, 기존의 객관성, 일관성, 공정성이 강조되던 평가와는 달리 교사의 전문성, 평가의 타당도, 평가의 적합성이 강조된다. 물론 이러한 수행평가에서 교사는 지식의 전달자가 아니라, 학습의 안내자, 촉진자 역할을 해야 할 것이다.

끝으로 수행평가는 기존의 교사중심 교수·학습 활동이 학생 중심으로 옮겨가기 위한 대안적 평가 방법으로 학생의 인지적인 영역뿐만 아니라 학생 개개인의 행동 발달 상황이나 흥미·태도 등 정의적인 영역, 특히 창의성 등 고등 사고 기능이 가중되며, 아울러 체격이나 체력 등 심동적인 영역에 대한 종합적이고도 전인적인 평가를 중시함이 그 특징이라 할 것이다.

3. 수행평가의 방법 및 절차

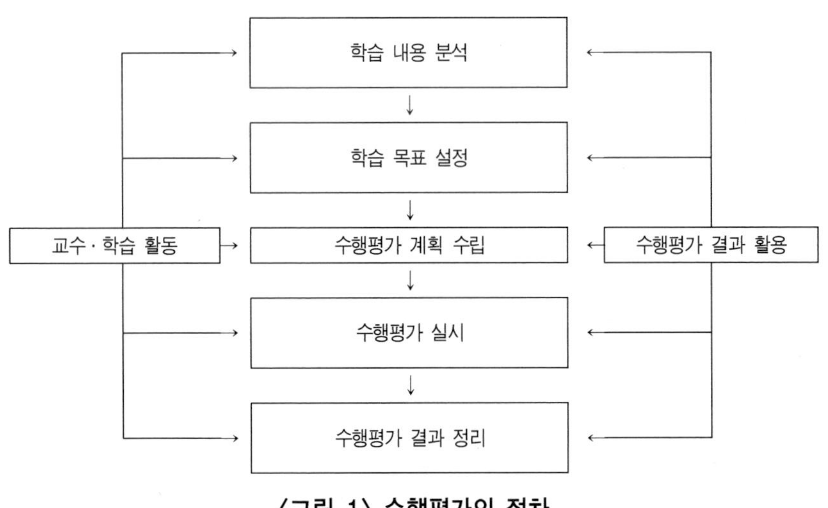

<그림 1> 수행평가의 절차

1) 학습 내용 분석

단원 혹은 영역별(듣기, 말하기, 읽기, 쓰기)로 학습 내용을 분석하여 차시 및 교수 매체를 설계하고, 그 내용을 조직한다.

2) 학습 목표 설정

분석, 조직된 내용을 통해 이끌고자 하는 목표를 설정한다.

3) 수행평가 계획 수립

① 수행평가의 이유, 목적, 대상, 결과의 활용 및 용도를 결정한다.
② 수행평가의 내용 및 기능, 성취 행동을 명확히 선정한다.
③ 수행평가 방법(서술형 ·및 논술형, 구술시험, 토론법, 실기 시험, 실험·실습법, 면접법, 관찰법, 자기 평가 및 동료평가 보고서법, 연구 보고서법, 포트 폴리오법, 기타) 및 평가 자료의 수집, 평가 시행의 공고 여부 등을 결정한다.
④ 수행평가 결과의 정리 및 분석 기준을 결정한다.
⑤ 단, 이때 학교 내·양적 평가와 적절한 조화를 이룰 수 있도록 배려한다.

4) 수행평가 실시

수행평가 계획에 따라 교사의 전문성을 바탕으로 한 수행평가를 실시한다.

5) 수행평가 결과 정리

수행평가 계획에 따라 결과를 분석, 정리하여 데이터베이스화한다.

6) 수행평가 결과 활용

분석, 정리된 수행평가의 결과를 새로운 학습 내용의 분석 및 목표 설정, 수행평가 계획 수립, 수행평가 실시, 수행평가 결과 정리 등에 계속적으로 반영하여 교수·학습 활동이 보다 발전적이고 효율적일 수 있도록 한다. 특히 학생의 창의적이고 자기 주도적인 학습에 도움이 될 수 있도록 평가 결과를 활용하는 데 주의를 기울여야 할 것이다.

B. 제7차 일본어 교육과정의 특징

본 연구에서는 제7차 일본어 교육과정 중 일본어 I 에 중점을 두어 논하고자 한다.

1. 성 격

일본어는 조선 중엽의 사역원에서 통역관 양성용으로 일본어 교재가 간행된 사실에서 알 수 있듯이 일찍부터 교육적 필요성이 높았던 언어이다. 현재의 한국과 일본은 정치, 경제, 사회, 문화적으로 긴밀한 상호 협력 관계에 있지만, 오랜 선린의 관계가 깨어진 바 있는 근대사의 영향으로 양 국민의 감정의 골은 아직 깊다. 바야흐로 세계는 인접 국가 간의 결속이 강화되어 지역 단위로 통합 또는 협력 체제를 구축하고 있으며, 문화 간 교류를 통해 서로를 이해하고 협력하는 국제화 활동이 활발하게 전개되고 있다. 이러한 시대적 요구를 배경으로 '일본어

Ⅰ' 과목은 한일 간의 각종 교류 활동의 일익을 담당할 수 있는 인재를 기르기 위한 기초 과정으로서, 언어 네 기능을 기초적인 수준에서 모두 다루어, 균형 잡힌 의사소통 능력을 기르는 기초적인 과목이다.

일본어는 경제력과 정보력 면에서 언어 세력이 큰 대표적인 언어다. 현대와 같은 정보의 대량 유통 시대에 있어서 인쇄 매체와 인터넷을 통한 신속한 정보의 수집은 일본의 이래는 물론이고 한국의 발전을 위해서 매우 유익하다. 따라서 일본어Ⅰ 과목은 정보 수집 능력의 바탕을 이루기 위하여, 일본어에 대한 흥미와 관심을 높이고 일본어에 의한 정보 수집에 흥미를 가질 수 있도록 도움을 주는 과목이다.

일본어Ⅰ과목은 일본어를 통해 일본 문화의 특징을 이해하고 한국의 문화를 일본에 소개하여 한일 양 국민의 상호 이해를 돈독히 하며, 양 국 간의 정치, 경제, 사회, 문화적 교류에 긍정적이고 적극적으로 참여할 수 있는 기초적 역량을 기르는 데 역점을 두고 있는 과목이다.

이상에서 알 수 있듯이 일본어 교과는 다른 제2외국어과에 비해 특히 국민적 정서가 많이 반영되고 있는 언어이다. 경우에 따라서는 이 국민적 정서가 학습 욕구를 촉진시킬 수도 있겠지만, 역으로 말하자면 바로 이것이 문제가 되어 학습 초기부터 학습자에게 저항감을 줄 수도 있고 이것으로 인해 학습자는 굴곡된 학습을 할 수 있다.

따라서 일본어 교과는 학습을 통해 무엇보다도 일본이라는 국가에 대한 객관적 시각을 길러줄 필요가 있다. 이는 학습자들이 굴곡된 감정으로부터 독립할 수 있을 때 진정한 의미의 외국어 학습이 가능할 뿐만 아니라, 학습 그 자체에 깊이를 둘 수 있기 때문이다.

2. 목　표

일상생활에서 사용되는 일본어를 이해하고, 쉬운 일본어로 의사소통을 할 수 있는 기초적인 능력을 기른다. 일본어의 말하기 능력의 신장과 일본어에 의한 정보 검색에 적극적이며, 일본인의 일상 언어생활과 문화에 대한 관심과 이해를 깊게 하여 일본인과의 의사소통에 능동적으로 참여하는 태도를 기른다.

가. 일상의 의사소통 기능 수행 과정에서 사용되는 쉬운 일본어를 알아들을 수 있고, 일본어 듣기 학습의 중요성을 깨달아, 듣기 학습 활동에 능동적으로 참여하는 태도를 가진다.

나. 일상의 의사소통 기능 수행 과정에서 사용되는 쉬운 일본어를 원어민이 알아들을 수 있도록 말할 수 있고, 일본어 말하기 학습의 필요성을 깨달아, 말하기 학습 활동에 적극적으로 참여하는 태도를 가진다.

다. 일상의 의사소통 기능 수행 과정에서 사용되는 쉬운 일본어를 읽어 그 뜻을 알 수 있고 일본어 읽기 학습의 중요성을 깨달아, 읽기 학습을 위해 스스로 노력하는 태도를 가진다.

라. 일상의 의사소통 기능 수행 과정에서 사용되는 쉽고 간단한 일본어를 글로 쓸 수 있고, 일본어 쓰기 학습의 필요성을 깨달아, 쓰기 학습 활동에 스스로 참여하는 태도를 가진다.

마. 인터넷을 통하여 일본어에 의한 정보 검색의 기초적인 방법을 알고, 정보 검색에 흥미를 가진다.

바. 일본의 일상생활 문화에 대해 깊은 관심을 가지고 일본 문화를 이해하고자 하는 자세를 기르며, 일본과의 국제 교류에 적극적으로 참여하는 태도를 가진다.

이상의 일본어 교과 목표는 지금까지의 교육과정이 가지던 듣고, 쓰고, 말하고, 읽는 일본어 그 자체에 대한 언어적 능력만을 목표로 하지 않는 점이 가장 큰 특징이라 할 것이다.

다시 말해, 언어적 목표보다는 언어 외적인 것, 즉 일본어를 학습하려는 태도, 자세, 마음가짐을 비롯하여, 모어 이외의 언어를 이용하여 정보화 시대에 대응할 수 있는, 그래서 국제인으로의 기본적 소양을 기르고자 하는 데 그 목표가 있다.

　　덧붙여 말하자면, 이러한 일본어 교육 목표를 이루기 위해서 필요한 평가가 수행평가임을 다시 한 번 더 확인할 수 있을 것이다.

3. 내 용

가. 듣 기

(1) 간단한 어구나 문장을 듣고 그 뜻을 알아본다.

(2) 짧은 말이나 글을 듣고 그 뜻을 알아본다.

(3) 의사소통 기능에 관한 표현을 듣고 그 뜻을 알아본다.

(4) 의사소통 기능에 관한 표현을 듣고 그대로 행동하여 본다.

(5) 상대편의 말을 바른 태도로 듣는다.

나. 말하기

(1) 간단한 어구나 문장을 자연스럽게 말하여 본다.

(2) 모범 대화의 어조를 따라서 말하여 본다.

(3) 의사소통 기능에 관한 표현을 자연스럽게 말하여 본다.

(4) 일상의 대화와 관련된 언어 행동을 알고 말하여 본다.

(5) 여러 사람 앞에서 자신의 생각을 자신 있게 말하여 본다.

다. 읽 기

(1) 가나와 한자로 된 간단한 어구나 문장을 낭독하여 본다.

(2) 글을 보며, 말하듯이 낭독하여 본다.

(3) 간단한 설명을 읽고 그 뜻과 요점을 알아본다.

(4) 의사소통 기능에 관한 표현을 읽고 그 뜻을 알아본다.

(5) 영상 문자로 된 글을 읽고 그 뜻을 알아본다.

(6) 인터넷을 통하여 일본어로 간단한 정보를 검색하여 본다.

라. 쓰 기
(1) 가나와 한자를 바르게 써 본다.
(2) 간단한 어구나 문장을 듣고 그대로 적어본다.
(3) 간단한 의사소통 기능에 관한 표현을 쉬운 글로 적어 본다.
(4) 자신의 생각을 영상 문자로 전달하여 본다.
(5) 일상생활과 자신의 생각을 기록하는 습관을 기른다.

나. 언어 재로
(1) 의사소통 기능
 (가) 인사 기능
 (나) 정보 전달의 기능
 (다) 요구의 기능
 (라) 의사 및 태도의 전달 기능
 (마) 담화의 전개 기능
(2) 발음
(3) 문자
(4) 어휘
(5) 문법
(6) 문체
(7) 문화

 (가) 일상적인 생활 문화를 소재로 선택하되, 의사소통 능력 습득에
    도움이 되는 것으로 한다.
  ① 개인 생활과 일상적인 인간관계에 관한 것
  ② 교우 관계와 학교생활에 관한 것
  ③ 기본적인 사회생활에 관한 것
  ④ 취미, 오락, 관광 등 여가 선용에 관한 것
  ⑤ 일본인의 언어 행동을 이해하는 데 도움이 되는 것

⑥ 일본인의 일상생활을 이해하는 데 도움이 되는 것

⑦ 우리 문화에 관한 것

(나) 내용 구성에 있어서는 다음 사항에 유의한다.

① 학생의 흥미, 필요, 지적 수준 등을 고려하여 의사소통 의욕을 유발할 수 있는 것으로 한다.

② 내용은 실제 생활에서 사용할 수 있는 것으로 한다.

③ 듣기, 말하기, 읽기, 쓰기는 연계성을 가지도록 구성한다.

7차 교육과정의 내용 체제 중에 두드러진 특징은 의사소통 활동 항목이 신설된 것이다. 6차 교육과정에서는 학습 목표를 제시한 뒤 내용 부분에 언어 기능, 의사소통 기능, 언어 재료 등 언어 재료성 내용만을 제시하였으나, 7차에는 목표에 이어 내용 부분에 그 목표를 달성하기 위한 언어활동 내용으로서의 의사소통 활동 항목을 추가한 것이다.(이덕봉, 1998)

또 하나의 특징은 1, 2권 모두 음성 언어 중심의 교재로 편성되었다는 점이다. 종전에는 1권은 말하기 중심, 2권은 읽기 중심으로 나뉘어 있었고, 2권의 수준이 너무 어려워 현실적으로는 활용되는 경우가 드물었다는 문제점을 해결하기 위하여 2권도 1권과 같은 말하기 중심의 체제를 취하게 한 것이다.

6차에서는 듣기와 읽기를 묶어 이해 과정으로, 말하기와 쓰기를 표현 과정으로 설정하여 학습하도록 하고 있다. 그러나 이는 수업 진행 방법상의 문제점이 많을 뿐만 아니라 듣기 다음에 읽기 단계를 설정함에 따라 말하기와의 인지적 단절을 초래하게 되는 비능률적 학습 단계라 판단되어 7차에서는 대폭 수정하였다.

언어 학습은 통합 기능적으로 지도할 때 가장 효과적이라는 이론에 따라 듣기와 말하기를 묶어 함께 학습하고, 청각 영상과 문자 영상의 결합 과정으로서의 발음 연습 단계를 읽기의 초기에 설정한 뒤, 읽기와 쓰기 단계로 넘어가도록 하였다. 즉 듣기와 말하기에 중점을 두고 읽기와 쓰기를 가볍게 학습하도록 한 것이다.

한편 문화부분이 강조된 것 역시 6차에 없던 7차 교육과정의 특징 중 하나라 할 것이다. 7차 교육과정에서는 학생의 흥미, 필요, 지적 수준 등을 고려하여 의사소통 의욕을 유발할 수 있는 것으로 문화에 대한 수업을 강조하고 있으며, 이 문화 수업의 내용은 실제 생활에서 사용할 수 있는 것으로 듣기, 말하기, 읽기, 쓰기는 연계성을 가지도록 유도하고 있다. 따라서 교사는 지금까지 언어적인 수업 준비 이외에 문화적인 수업 준비에도 유념해야 할 것이며, 이는 교사의 전공 언어 영역에 대한 전문성에 의해 좌우될 것으로 기대된다.

4. 교수 학습 방법

가. 수업의 전 과정을 의사소통 기능의 습득을 중심으로 구성한다.

나. 의사소통 기능별로 듣기, 말하기, 읽기, 쓰기의 네 기능이 상호 연계성을 가지도록 수업을 구성한다.

다. 듣기와 말하기 활동은 따로 분리하지 말고 통합 기능으로 진행될 수 있도록 수업을 계획한다.

라. 수업의 전 과정을 통해 청각 인지에 의한 일본어 습득에 역점을 두어, 구두 언어 습득의 효율성을 높이는 수업이 되도록 구성한다.

마. 창의력 신장을 위하여 학생의 자율성을 최대로 반영할 수 있는 수업을 계획한다.

바. 학생의 흥미와 욕구를 충분히 반영하여, 학습 의욕을 높이는 수업이 되도록 구성한다.

사. 일본어 자료를 통하여 표현 형식과 사용상의 특징을 학습자 스스로가 발견하고 학습 계획을 세워 가는 학생 중심의 수업을 계획한다.

아. 학생의 동작과 체험을 통하여 습득 효과를 높일 수 있도록 수업을 계획한다.

자. 학생 개개인의 습득 수준에 맞는 학습을 전개하도록 한다.

차. 소집단의 구성원끼리 협력 학습이 가능한 수업이 되도록 구성한다.

카. 각종 시청각 자료와 멀티미디어 교수·학습 자료를 활용하여 학습 효과를 높일 수 있는 수업을 구성한다.

타. 실제 장면의 체험을 통하여 의사소통 기능의 현장 적용력을 키운다.

파. 듣기 지도는 반복 시행을 통하여 많은 학생이 이해할 수 있도록 한다.

하. 문자 단위의 발음보다 문장 전체의 음조를 중시한다.

갸. 말하기 지도는 교사와 학생 간의 대화만이 아니고, 학생 상호간의 대화를 활성화하여 개인의 대화량을 늘리도록 한다.

냐. 읽기 지도는 문장 전체의 의미를 요약하는 능력을 키우도록 지도한다.

댜. 쓰기 지도는 간단한 문장을 통제 작문 중심으로 지도한다.

랴. 학생의 학습 의욕을 높이기 위하여 즉각적이 오류의 수정은 피하도록 한다.

먀. 목표와 내용에 따라서는 일본어로 수업을 진행한다.

뱌. 개별 학습과 자율 학습이 가능하도록 개별화된 자료를 적극 활용한다.

샤. 교과용 도서의 내용은 학생의 능력과 지역 환경 및 상황에 따라 재구성하여 지도할 수 있다.

야. 일본인의 행동 양식에 대한 이해를 깊게 할 수 있는 장면을 적극 활용한다.

교수 학습 방법에 대한 제7차 교육과정에서의 가장 큰 변화는 멀티미디어 시설을 이용한 교수법의 권장과 인터넷 체험 등을 들 수 있다.

이는 넘쳐나는 지식의 홍수 속에서 과거 양적 지식의 교수 학습 방법에서 정보화 시대로 새로운 천년을 준비해야 하는 질적 지식을 위한 기초 과정이라 할 것이다.

즉 학교 현장에서부터 정보 검색 능력의 보편화로 교사 일방적인 교수가 아니라 학생 스스로 자발적으로 수업에 임하며, 그것이 외국어 학습에 있어서도 학생 스스로 한 언어를 체득하고 발견하도록 하는 것이다. 따라서 교사는 조언자이며, 충고자의 역할을 하게 될 것이다.

5. 평 가

가. 평가 지침

일상생활에서 사용되는 일본어의 의사소통 기능을 중심으로 언어의 네 기능을 모두 평가하되, 말하기와 듣기에 중점을 두고 요점 파악 능력과 능동적 태도 등을 평가한다.

나. 평가 내용

－듣 기－

(1) 간단한 어구나 문장을 듣고 그 뜻을 이해하는 능력

(2) 짧은 말과 글을 듣고 그 뜻을 이해하는 능력

(3) 의사소통 기능에 관한 표현을 듣고 그 뜻을 이해하는 능력

(4) 의사소통 기능에 관한 표현을 듣고 그대로 행할 수 있는 능력

(5) 상대편의 말을 바른 태도로 듣는 자세

－말하기－

(1) 간단한 어구나 문장을 자연스럽게 말하는 능력

(2) 의사소통 기능에 관한 표현을 자연스럽게 말하는 능력

(3) 일상의 대화와 관련된 언어 행동을 알고 말하는 능력
(4) 여러 사람 앞에서 자신의 생각을 자신 있게 말하는 능력
(5) 일본어 대화에 적극적으로 참여하는 자세

- 읽 기 -

(1) 가나와 한자가 섞인 간단한 어구나 문장을 자연스럽게 낭독하는
    능력
(2) 인쇄 문자와 영상 문자를 말하듯이 낭독하는 능력
(3) 간단한 글을 읽고 그 뜻과 요점을 이해하는 능력
(4) 의사소통 기능에 관한 표현을 읽고 그 뜻을 이해하는 능력
(5) 영상 문자로 된 글을 읽고 그 뜻을 이해하는 능력
(6) 일본어에 의한 정보 검색의 기초적인 능력

- 쓰 기 -

(1) 가나와 한자를 바르게 쓰는 능력
(2) 간단한 어구나 문장을 듣고 그대로 적는 능력
(3) 간단한 의사소통 기능에 관한 표현을 글로 적는 능력
(4) 자신의 생각을 영상 문자로 전달하는 능력
(5) 일상생활과 자신의 생각을 기록하는 습관

다. 평가 방법

(1) 학생을 서열화하는 평가보다 학습 진단을 위한 평가가 되도록
    한다.
(2) 객관성, 타당성, 신뢰성을 갖춘 평가가 되도록 한다.
(3) 평가 목표와 내용에 따라 분리 평가와 통합 평가를 실시하되, 특
    히 말하기, 듣기를 중심으로 한 통합 평가에 비중을 두도록 한다.
(4) 말하기 평가에 있어서는 필답식 평가를 지양하고, 면접법에 비중
    을 두어 실제의 의사소통 능력을 효과적으로 평가하도록 한다.

(5) 의사소통 활동과 문화 이해에 대한 적극적인 참여도를 평가하도록 한다.

(6) 일본어에 의한 정보 검색 및 통신과 같은 언어 능력의 응용력을 평가에 반영하도록 한다.

(7) 모든 평가의 결과는 질적 평가와 양적 평가를 분석하여 다음 단계의 학습 및 개별 학습지도에 반영하도록 한다.

종전의 평가 항목은 그 기술이 간단하였으나, 7차에서는 학습 목표에 입각하여 구체적인 평가 목표와 방법을 제시하였다. 특히 종전의 상대 평가 및 획일적 전체 평가에서 머물지 않고, 학생들의 학습 과정을 진단하는 수행평가를 강조하고 있는 것이다.

따라서 일선 학교 현장에서는 교사 스스로 지금까지의 평가에 대한 인식을 전면적으로 재구성해야 하며, 각자의 전공과 학생 수준 및 학교 현실에 맞는 수행평가가 이루어지도록 노력해야 할 것이다.

C. 일본어과 수행평가의 실제

1. 수행평가 평가 방법

본 연구의 채점 기준표는 O'Malley & Pierce(1996)의 『영어 학습자를 위한 믿을 만한 평가(Authentic assessment for English language learners)』와 한국교육과정평가원의 『국가 교육과정에 근거한 평가기준 및 도구 개발 연구』에 근거하여, 평가 방법 일람은 한국교육개발원의 1990년에서 1992년에 걸친 『교육의 본질 추구를 위한 외국어 교육평가 체제 연구』에 근거하여 현재 고등학교에서 『일본어 I 』을 학습하는 학습자에게 적용할 수 있도록 본 연구자들이 재구성한 것이다.

1) 듣 기

① 평가 방법 일람
• 일련의 단어들을 듣고 탁음의 발음이 포함된 단어를 찾아낸다.
• 요음들로 구성된 단어를 듣고 공통된 발음을 찾아낸다.
• 일련의 단어들을 듣고 발음이 포함된 단어를 찾아낸다.
• 일련의 단어들을 듣고 촉음이 포함된 단어를 찾아낸다.
• 주어진 단어 속에 포함된 장음이 무엇인지를 찾아낸다.
• 주어진 한 단어를 듣고 다음에 제시되는 몇몇 단어를 들은 다음 처음 들은 단어와 같은 모음의 단어를 찾아낸다.
• 일련의 단어에서 모음이 같은 단어들을 찾아낸다.
• 같은 모음이 포함된 단어를 듣고 공통적으로 들어 있는 모음을 말한다.
• 짧은 대화문을 듣고 억양이 자연스러운지를 판단한다.
• 단어를 듣고 그 단어와 같은 그림이나 물체를 찾아낸다.
• 주어진 동사를 듣고 행동으로 옮긴다.
• 간단한 문장을 듣고 그 문장들을 파악할 수 있다.
• 몇 개의 단어를 들은 다음 공통적인 성격을 파악한다.
• 단어 또는 문장을 듣고 일정한 지시에 따라 받아쓴다.
• 간단한 지시문을 듣고 행동한다.
• 제시된 그림을 보고 문장을 들으면서 문장의 내용과 같은 것을 찾아낸다.
• 그림을 제시한 후 진술된 말이 그림과 일치하는지의 여부를 밝힌다.
• 간단한 문장을 듣고 우리말로 번역한다.

•간단한 문장을 듣고 내용을 이해한다.

•간단한 문장을 듣고 그 문장을 참·거짓을 구별할 수 있다.

•조금 긴 문장을 듣고 우리말로 간단히 요약한다.

•간단한 지문을 듣고 삽화 밑에 사건이 일어난 순서대로 번호를 매긴다.

•간단한 지문을 먼저 들은 다음, 들은 내용에 합당한 반응을 구별한다.

•짧은 대화를 들은 다음, 대화가 일어난 장소를 알아낸다.

•삽화에 대한 진술문을 듣고 잘못 진술된 내용을 식별한다.

2) 말하기

① 채점 기준표

a. 분석적 채점

	의사소통	유창성	구조	단어	이해
がんばり ましょう(1)	구체적 사물의 이름을 말함	단어만을 반복함			일어를 거의 이해하지 못함
もう すぐです(2)	간단한 질문을 함	단어나 짧은 문장을 사용하여 말함	です와 ます의 쓰임을 구별하여 말함	제한된 단어를 사용함	단어나 짧은 문장은 이해함
できました(3)	간단한 질문을 할 수 있고, 질문에 답할 수 있음.	다시 말하거나 단어를 찾기 위해 머뭇거림	과제와 현재 시제를 구별하여 말함	단어를 적절히 사용함	간단한 문장을 이해하나 반복을 요구함
よく できました(4)	대화를 3분 이상 지장 없이 지속할 수 있음	때때로 머뭇거리며 말함	て、たり 등의 조동사를 사용하여 복문을 만들 수 있음	다양한 단어를 사용함	주제가 명확한 대화를 이해함
たいてん よく できました(5)	비교적 자신감 있게 대화를 5분 이상 지속할 수 있음	머뭇거림으로 인해 대화에 지장을 초래하는 일은 없다. 유창하다	다양한 문장 구조를 사용하며, 문법 구조를 습득하고 있음	광범위한 단어를 사용함	대부분의 대화를 이해함

b. 통합적 채점

	수 행 정 도
がんばりましょう(1)	구체적 사물의 이름을 말함 단어만을 반복함 일어를 거의 이해하지 못함
もう すぐです(2)	간단한 질문을 함 단어나 짧은 문장을 사용하여 말함 です와 ます의 쓰임을 구별하여 말함 제한된 단어를 사용함 단어나 짧은 문장은 이해함
できました(3)	간단한 질문을 할 수 있고 질문에 답할 수 있음 다시 말하거나 단어를 찾기 위해 머뭇거림 과제와 현재 시제를 구별하여 말함 단어를 적절히 사용함 간단한 문장을 이용하나 반복을 요구함
よく できました(4)	대화를 3분 이상 지장 없이 지속할 수 있음 때때로 머뭇거리며 말함 て、 たり 등의 조동사를 이용하여 복문을 만들 수 있음 다양한 단어를 사용함 주제가 명확한 대화를 이해함
たいてんよく できました(5)	비교적 자신감 있게 대화를 5분 이상 지속할 수 있음 머뭇거림으로 인해 대화에 지장을 초래하는 일은 없다. 유창하다. 다양한 문장 구조를 사용하며, 문법 구조를 습득하고 있음 광범위한 단어를 사용함 대부분의 대화를 이해함

② 평가 방법 일람

- 고저 악센트를 넣어 말한다.
- 사물의 사진이나 그림을 본 다음 이를 단어로 말한다.
- 실물을 가리키며 단어로 말한다.
- 방향이나 위치를 가리키며 대명사를 사용해서 말한다.
- 교사나 동료의 행동(혹은 그림)을 본 다음 그 행동을 구두로 표현한다.
- 서술문을 학습한 다음 의문문, 명령문 또는 부정문으로 말한다.
- 몇몇 단어가 틀린 친숙한 글을 보고 수정해가면서 말한다.
- 과거 시제문을 보고 현재 시제로 바꾸어 가면서 말한다.
- 일본인과 처음 만나 자신을 소개할 수 있다.

•색깔 등에 대해 묻고 답할 수 있다.

•좋아하는 것들에 대해 묻고 답할 수 있다.

•자신의 하루 일과에 대해 이야기 할 수 있다.

•취미에 대해 이야기 할 수 있다.

•간단한 질문에 답할 수 있다.

•전화로 자신이 대화하고 싶은 사람을 부탁할 수 있다.

•길을 물어 원하는 장소에 찾아 갈 수 있다.

•짧은 내용을 제시하면 그것을 이용해서 동료와 함께 역할 놀이로
  재현할 수 있다.

•관련 표현을 습득한 후 개인문제(나이, 이름 등)에 관해 서로 묻고
  답한다.

•분리되어 제시된 진술문을 읽은 후 이를 하나의 문장으로 결합한다.

•녹음된 대화를 듣고 사건 발생의 시간을 말한다.

•생활 주변에서 흔히 보는 어휘를 자연스럽게 말한다.

•적절한 표현을 익힌 다음, 그중 한 예로 교실 내에 비치된 물건을
  가지고 질의·응답을 한다.

•사진을 보고 주어진 질문(예: 등장인물의 수)에 대답한다.

•짧은 글 또는 일상생활에 관한 글을 읽고 사실적 질문에 대답한다.

•주변에서 쉽게 볼 수 있는 상징물(예: 시간표, 교통표지 등)을 가
  지고 최소의 정보에 관한 간단한 질의·응답을 한다.

•자신이 좋아하는 TV프로그램, 스포츠, 연예인 등에 관해 짧게 구
  두로 묘사한다.

•주변 생활에서 활용할 수 있는 간단한 말을 할 수 있다.

•필요한 언어 표현을 익힌 다음, 식단표를 중심으로 질의·응답을
  한다.

3) 읽 기

① 발전 단계별 채점 기준표

단, 읽기 발전 단계별 채점 기준표는 학생들에게 정기적으로 의견을
물어 그 난이도 정도를 조절하는 방법도 하나의 타당성 있는 평가 방
법이 될 것이다.

발생	ひらがな로만 된 글은 천천히 읽는다. 끊어 읽기 등이 원만하지 못하다. 따라 읽기는 한다.
발전단계	읽는 척한다. 끊어 읽기 등이 비교적 자연스럽다. 몇 가지 한자의 よみがな를 안다.
확장단계	3번 정도 반복적으로 소리 내어 읽고 나면 읽기가 한결 자연스러워진다. 읽으면서 쉬운 단어를 인식한다. 새로 배운 한자의 よみがな도 천천히 읽어 내려간다. 새로운 지문을 접할 때 스스로 읽고 싶어 한다.
연결단계	2번 정도 반복적으로 소리 내어 읽고 나면 끊어 읽기가 자연스럽다. 새로운 지문도 천천히 읽어 내려간다. 읽으면서 전체적인 내용이 무엇인지를 짐작할 수 있다.
유창	1~2번만 읽어보아도 읽기가 한결 자연스럽다. 글의 요지 및 글이 제시하는 내용을 요약할 수 있다.

② 평가 방법 일람

- 쉬운 한자가 포함된 글을 よみがな를 붙여가며 스스로 읽을 수 있다.
- 간단한 문장으로 구성된 글을 적절히 끊어 읽는다.
- 한자 사전을 이용해 よみがな를 찾을 수 있다.
- 사전을 가지고 어휘를 조사할 수 있다.
- 일본 상품 등을 보고 그 상표명을 읽을 수 있다.
- 문장의 내용과 상황에 알맞은 어조로 읽을 수 있다.
- 문장 단위의 글을 각각 읽은 다음 논리적인 흐름에 맞게 이를 배
  열한다.
- 서너 개의 단어 카드를 학습한 다음 이를 완전한 문장으로 재배열

하여 소리 내어 읽는다.

- 여러 문장들을 읽은 다음, 서술문은 마침표, 명령문은 느낌표, 의 문문에는 물음표를 써넣는다.
- 짧은 지문을 읽고 지문의 요지를 파악할 수 있다.
- 짧은 지문이나 시각 자료를 보고 그 내용을 이해한다.
- 서로 뒤섞인 채 제시된 친숙한 이야기를 그들의 순서에 맞게 재배열한다.
- 주어진 문장을 논리적인 순서로 재배열한다.
- 주어진 단어를 이용하여 의미 있는 문장으로 배열한다.
- 대답이 뒤섞여진 일련의 대화문을 읽고 말을 새로 짜 맞추어 논리적인 대화문으로 완성한다.
- 짧은 인용절을 읽은 다음, 예컨대, 누가 그 행위를 했는가와 같이 읽기에 앞서 주어진 질문에 우리말로 반응한다.
- 주어진 지문을 읽고 핵심 단어를 찾아낸다.
- 몇몇 대명사가 생략된 문단을 읽은 다음, 문장의 의미들을 충족시키는 형태를 제공한다.
- 중요 단어 및 구문이 빠져 있는 발췌문을 읽은 다음, 전체 문단의 의미를 살펴 빠진 단어 및 구문을 완성한다.
- 현재 위치에서 특정 장소로 가는 방법에 관한 일련의 지시문을 읽고 연필로 적절하게 반응한다.
- 기사 또는 짧은 이야기를 읽고 주요 내용에 대한 질문에 답을 한다.
- 신문 또는 잡지의 발췌문과 같은 읽기 자료를 읽고 사실적 질문에 답한다.
- 비교적 긴 지문을 읽고 사실적 정보를 추출, 이해한다.

4) 쓰 기

① 채점 기준표

a. 분석적 채점

	작문력	문장구조	용법	기교
がんばり ましょう(1)	주제에 벗어난 내용이 많음	부적절한 문장 이어쓰기, 단어 삽입	です, ますを 조금 혼동한다. 시제가 일관되지 않다.	청·탁음 및 요음, 촉음, 발음 등의 구별이 확실하지 않다.
もう すぐです(2)	내용이 산만하고 하나의 주제가 없음	가끔 부적절한 문장 이어쓰기,	です, ますを 구별할 수 있다. 시제가 일치한다.	청·탁음 및 요음, 촉음, 발음 등의 구별이 이루어짐
できました(3)	주제가 있지만 내용이 주제에서 벗어나는 부분들이 있음	대부분 적절한 문장이나 내용이 어색한 문장 이어쓰기, 또는 미완성 문장	동사의 활용이 비교적 정확하다.	철자가 조금 틀리더라도 의미가 전달됨
よく できました(4)	주제에 초점을 맞추고 있다.	미완성 문장이 없이, 적절한 수식어와 접속사 사용	동사의 활용이 정확하며, 복문을 만들 수 있다.	완전한 철자법과 구두법 사용

b. 통합적 채점

がんばりまし ょう(1)	주제가 벗어난 내용이 많음 부적절한 문장, 이어쓰기, 단어 삽입 です, ますを 조금 혼동한다. 시제가 일관되지 않다. 청·탁음 및 요음, 촉음, 발음 등의 구별이 확실하지 않다.
もう すぐです(2)	내용이 산만하고 하나의 주제가 없다 가끔 부적절한 문장 이어쓰기 です, ますを 구별할 수 있다. 시제가 일치한다. 청·탁음 및 요음, 촉음, 발음 등의 구별이 이루어짐
できました(3)	주제가 있지만 내용이 주제에서 벗어나는 부분들이 있음 대부분 적절한 문장이나 내용이 어색한 문장 이어쓰기, 또는 미완성 문장 동사의 활용이 비교적 정확하다. 철자가 조금 틀리더라도 의미가 전달됨
よく できました(4)	주제에 초점을 맞추고 있다. 미완성 문장이 없이, 적절한 수식어와 접속사 사용 동사의 활용이 정확하며, 복문을 만들 수 있다. 완전한 철자법과 구두법 사용

② 평가 방법 일람

•단어를 들은 다음, 그 단어의 빠진 부분을 보충해 써넣는다.

•그림을 본 후 명칭을 적어 넣는다.

•단어들을 각각 학습한 다음, 하나의 문장으로 배열한다.

•일정한 문장들을 학습한 다음 철자, 그리고 문법에 맞게 고쳐 쓴다.

•지시에 따라 문장의 동사 및 관련 부분을 적절히 고쳐 쓴다.

•지시문에 따라 주어진 문장을 어법(문법, 철자)에 맞게 반영한다.

•간단한 글을 정확한 문법, 철자를 사용해 다시 쓴다.

•비교적 느린 속도로 읽혀지는 적절한 수준의 글을 받아쓴다.

•일정한 문형을 학습한 다음 이와 관련한 불완전한 문장을 고쳐 쓴다.

•간단한 자기소개서를 쓸 수 있다.

•미완성된 일상적인 글을 글의 내용과 어법에 맞게 완성한다.

•친숙한 대화문을 읽은 다음 그 내용에 대한 주어진 질문에 답을 쓴다.

•사진이나 삽화 등의 시각 자료를 보고 그에 관한 사실적인 질문에 대한 답을 쓴다.

•짧은 글을 읽은 다음 사실적 질문에 대한 답을 쓴다.

•등교하기 전에 있었던 일을 항목별로 상세히 쓴다.

•하루의 일과에 대해 정리하여 쓸 수 있다.

•문학 발췌문을 읽은 다음 그의 개요를 쓴다.

•잘못 표기된 글을 읽고 보충해 써 넣는다.

5) 문 화

① 평가 방법 일람

•지도를 보고 일본의 수도 및 유명 지역을 일본어로 말한다.

•일본의 유명 산이나 강을 지도에서 가리킨다.

•일본의 축제일 명칭을 말해보고 무슨 행사를 갖는지 설명한다.

•관련 잡지나 자료를 본 다음 일본의 중요한 스포츠를 열거한다.

•일본인의 인사말을 롤 플레이를 이용해서 재현해 본다.

•어른과의 인사말을 롤 플레이를 이용해서 재현해 본다.

•친구와의 인사말을 롤 플레이를 이용해서 재현해 본다.

•작별 인사를 함께 말해 본다.

•일본의 전통 의상에 대해 조사해 본다.

•일본의 차 문화와 우리의 차 문화를 비교해 본다.

•일본 집의 특징을 알아본다.

•일본인의 실내 생활과 우리의 실내생활의 차이점을 알아본다.

•일본의 학교 제도와 우리의 학교 제도를 비교해 본다.

•일본의 교통수단의 특징을 알아본다.

•일본의 교통수단을 활용하는 역할 놀이를 해본다.

•일본 식당에서의 음식 주문방법에 대해 알아본다.

•일본의 축제 문화에 대해 조사해 본다.

•일본의 지역적 특성에 대해 알아본다.

•일본인의 특이한 직업을 찾아본다.

•일본인의 특성에 대해 자료를 찾아본다.

•일본의 정치 제도에 대해 기초적 자료를 찾아본다.

•일본의 유명 대학 및 그 특징을 조사해 본다.

•일본의 식사 장면을 보고 토의를 한 다음 그 특징을 정리해 본다.

•그림을 보고 일본의 대표적 음식 이름을 일본어로 말할 수 있다.

•일본의 대표적 동요 및 유행 노래 또는 민요를 듣고 이야기를 나
  누어 본다.

•일본의 여러 노래를 들어본 후 따라 부르거나 낭송을 한다.

•일본의 역사를 듣고 역사상 유명한 사람들의 이름을 나열한다.

•일본의 문화에 관한 글을 읽고 그들의 감정이나 행동을 이해한다.

•일본의 학교 활동 등 학생 주변의 일상적인 일을 잡지, 신문 등에

서 모으고 이를 확인한다.

- 일본의 경제에 큰 도움을 주는 산업에 관해 이해한다.
- 일본의 지리에 관한 자료를 읽고 지리적 명칭의 기원을 알아본다.
- 일본의 천연 자연물과 그 지역을 지도상에서 찾아본다.
- 일본의 전통적 스포츠에 관해 조사한다.
- 일본의 화폐 단위 체계에 관한 지식을 얻는다.
- 일본 화폐의 등장인물에 대해 알아본다.
- 일본에서 행해지는 기초적인 일상생활에서의 행동 유형을 학습하고 대조되는 사항이 있으면 학급 내에서 그를 소재로 촌극을 행한다.
- 일본에서 널리 알려진 몇몇 그림을 보고 필요한 사항을 익힌다.
- 일본에서 널리 알려진 건축물의 그림들을 보고 그 이름을 나열한다.
- 일본의 역사상 공헌을 한 인물에 관해 학습한 다음 문화 발전에 어떠한 영향을 미쳤는지 알아본다.
- 여러 종류의 민속 노래를 듣고 써보고, 2~3곡을 낭송해 본다.
- 한 작품을 읽고 주요 등장인물의 특별한 행동 양식을 추출하거나 문화적으로 두드러진 차이점을 기술한다.
- 여러 유형의 일상적인 행동에 관한 시각 자료를 본 다음 이에 관한 진술문에 정확히 반응한다.
- 관련 자료를 읽은 다음, 일본의 산업에 관해 보고서를 작성한다.
- 일본의 대표적인 게임이나 스포츠에 참여함으로써 일본의 언어와 문화를 직접 체험한다.
- 일본 문화가 우리 문화에 끼친 영향을 조사하여 제시한다.
- 우리 문화가 일본 문화에 끼친 영향을 조사하여 제시한다.
- 한·일 관계사를 정리한다.
- 일본으로 여행을 간다고 가정하고, 필요한 절차를 예를 들면, 여권, 비자, 비용, 교통, 숙박 그리고 주요 볼 것 등을 조사하여 발표한다.
- 일본에서 볼 수 있는 특정한 행동 유형의 특징과 성격을 익힌 다

음 이를 직접 행해 본다.

- 일본 문화와 우리 문화의 차이점을 직관적으로 분석하여 제시한다.
- 일본의 화폐를 사용하는 역할극에 참여한다.
- 일본의 대표적인 작품의 발췌문을 읽고 작품의 목적과 작가에 대해 소개한다.
- 일본의 대표적인 작곡가와 작품에 관해 알아본다.
- 일본 문화의 대표적인 과학적 업적을 인식한다.
- 신문, 잡지를 읽은 후 일본에서 제기되는 오늘의 문제를 인식한다.
- 일본에 관해 잘 알거나 최근에 갖다온 사람들로부터 해당 국가의 이모저모(관습, 식사, 춤, 청소년 활동 등)를 조사한다.

2. 문자편 수행평가 실제

1) 수업 예시 1

◎ 학생 수준: 일본어 수업 첫 시간
◎ 준비물-학생: 없음
　　　　　교사: 캠코드, 채점 기준표, 간단한 토론 규칙

◎ 수행 목표

찬성 혹은 반대 입장에서 일본어 수업의 필요성에 관련된 토론을 할 수 있다.

◎ 수행 과제

제2외국어과에는 불어, 독어, 중국어, 스페인어를 비롯하여 일어, 러시아어, 아랍어 등이 있다. 그런데 7차 교육과정이 시행되는 2002년부터는 학생들의 선택권이 확대되겠지만, 현재 고등학교에서는 제2외국어를 학생들이 선택하기보다는 학교에 따라 이미 결정된 경우가 많다. 때문에 학습에 있어 가장 중요한 학습자의 학습 의욕이 경우에 따라서는 많이 좌절된다고 할 수 있다.

특히 이 가운데 일본어를 학습하게 될 학습자는 과거 한·일 간의 불행한 관계사로 인하여 무조건적이 거부감을 표하는 학생도 없잖아 있다. 따라서 일본어라는 교과목을 학습할 필요가 있는지 없는지에 대한 학생들 스스로의 토의에 의해 앞으로의 일본어 수업에 대한 욕구를 가름해 본다.

◎ 수행평가 방법 및 관점

신입생을 대상으로 하는 첫 수업이기에 교사는 물론 학생들 스스로도 서로 익숙하지 않은 상태이다. 따라서 교사는 토론에 임하는 학생들이 적극적일 수 있도록 격려하며, 토론이 자연스럽게 이루어질 수 있도록 분위기를 연출해야 할 것이다.

또한 평가 대상(교사의 학생 평가, 학생의 학생 평가, 학생의 자기 평가)의 선정 없이, 교실의 적당한 위치에 사전에 캠코드를 설치하여 토론 시간 속의 학생들의 활동을 자연스럽게 녹화한다. 그리고 수업 후 평가 기준표에 따라 교사가 평가하며, 앞으로 가지게 될 일본어 수업에 있어서의 학생들의 참여의식 및 관심도에 중점을 두어 평가한다.

즉 토론 수업을 통해 앞으로의 일본어 수업의 방향을 가름해보고 신입생의 얼굴을 익히면서 학생들의 성향을 짐작해 볼 수 있도록 하는데 수행평가의 의의가 있는 것이다.

◎ 토론 규칙

1) 사회자에게 발언 기회를 얻어서 발언한다.

2) 발표 시간을 3분 이상 초과하지 않는다.

3) 상대가 말할 때, 동시에 말하지 않는다.

4) 자신의 의견을 끝까지 분명히 밝히도록 한다.

◎ 찬·반 토론법을 위한 평가 기준표

평가요소	점 수			비 고
	상	중	하	
토론 내용에 대한 이해력	3	2	1	점수에 대한 구체적 내용 제시
자신의 의견에 대한 표현력	3	2	1	
상대방 의견에 대한 판단력	3	2	1	
토론에 임하는 태도	3	2	1	
계				

2) 수업 예시 2

◎ 학생 수준: 일본어 발음 2~3시간째
◎ 준비물－학생: 교과서, 팬맨쉽, はい(빨강)·いいえ(검정)깃발
　　　　　　교사: Computer, 발음disk, 50푭図, 실물 화상기

◎ 수행 목표
ひらがな 청음과 탁음, 반탁음을 분별하여 말할 수 있다.

◎ 수행 과제 및 수업 방법
　중학교에서 외국어로 영어를 학습한 경험이 있는 학습자이지만, 고등학교 입학 후 처음으로 접하는 일본어 문자에 대해 학생들은 신기해하면서도 부담스러워 한다. 영어나 우리말과는 달리 일본어는 모음과 자음이 하나로 되어 한 글자를 이루고 있다. 특히 일본어 문자는 아주 작은 모양 차이로 발음이 다르기에 기본 50음을 외우기 위해 처음 얼마간은 혼돈스러워 힘들어하는 학생이 많다. 심지어 고등학교 3년을 마치는 시점에서조차 일본어 문자인 ひらがな를 확실히 읽고 쓰지 못하는 학생들이 있을 정도다.
　때문에 자칫 일본어 학습이 시작과 동시에 의욕 상실로 인해 계속적으로 원만히 이루어지지 못할 수도 있다. 따라서 교사는 학생들에 따라 1시간 분량의 문자 암기로 부담스럽지 않을 만큼의 양으로 제시하

는 세심한 배려가 필요하며, 이때 완전히 쓰기보다는 글자를 보고 읽을 수 있도록 유도함으로써 자신감을 잃지 않도록 해야 할 것이다.

특히 ひらがな의 기본음인 오십음에 대해, 보고 읽기가 끝난 시점에서 청음에 근거한 탁음 및 반탁음의 발음 차를 명확히 제시하고 녹음된 원어민의 발음을 학생들이 충분히 함께할 수 있도록 함으로써 청·탁음 및 반탁음을 보고 들으면서 분명히 구별할 수 있도록 한다.

이때 교사는 컴퓨터에 저장된 일본어 문자 발음 Disk의 사용을 원활히 할 수 있어야 함은 물론이고 실물 화상기에 의한 오십음의 제시가 자연스러워 수업이 매끄러울 수 있도록 주의한다.

◎ 수행평가 방법 및 관점

수업이 진행됨에 따라 전체적으로 학생들이 청·탁음 및 반탁음을 보고 들으면서 구별할 수 있다고 판단되면 우선 はい·いいえ깃발을 이용하여 전체적으로 교사의 판단과 학생들의 판단 일치를 확인한다. 즉 청·탁음 및 반탁음을 보고 들으면서 구별할 수 있는지를 학생들에게 묻고 학생들은 はい·いいえ라는 대답과 함께 색깃발을 들어 보임으로써 교사는 한눈에 학생들의 수행 상태를 파악할 수 있다.

그리고 어느 정도 긍정적인 평가 결과에 이르면 별지로 준비할 퍼즐법을 이용해 수행평가를 하고 수업을 마무리한다. 물론 실물화상기에 의해 오십음이 제시되어 있는 상태이다.

이때 교사는 수업 후 별지의 퍼즐 문제지를 수거하여 평가하며, 주된 평가 관점은 주어진 시간 내에 학생들이 얼마나 정확하게 보고 들으면서 빈칸을 메웠는지를 평가한다. 단어는 2번 반복해서 들려준다. 그리고 적혀진 글자들의 모양이 얼마나 바른지를 평가하여 다음 수업에서 바로잡을 수 있도록 활용한다.

이러한 퍼즐법 수행평가는 문자수업시간뿐만 아니라 가로, 세로 질문을 이미 학습한 일본어로 바꾸어(초보자인 경우 단어 정도만) 읽기 및 쓰기 평가에도 응용할 수 있다.

◎ 퍼즐 문제지(예시)

<녹음 내용>

◎ 가　로

1. あい　　2. えり　　3. さざえ　　4. のむ　　5. みみ　　6. かう

7. ちち　　8. ばか　　9. なまえ　　10. たべる　　11.すき　　12.ぎん

◎ 세　로

1) いえ　　2) はい　　3) もり　　4) むり　　5) すみ　　6) かたな

7) るすばん　　8)えび　　9) にほん　　10)ざる　　11) うち

(3) 수업 예시 3

◎ 학생 수준: 일본어 문자 학습 후 일본어 수업 20시간 정도

◎ 준비물 – 학생: 사전(일한, 한일)

　　　　　　교사: 전화 관련 단어장, 전화기, 캠코드

◎ 수행 목표

주어진 단어를 이용하여 상황에 맞는 전화 내용을 작문할 수 있다.

◎ 수행 과제

수업 현장에서 학습한 외국어를 실제 상황 속에서 활용하지 못하는 것
이 그동안 외국어 수업에서 지적되던 가장 큰 문제점이다. 이러한 문제

점을 제7차 교육과정에서는 정확성보다는 유창성에 중점을 두고 학습자의 학습에 대한 태도를 과정상에서 평가하는 것으로 보완하고자 한다.

따라서 이러한 교육과정에 적합한 교수법으로 권하고 싶은 것이 바로 롤 플레이를 이용한 교수·학습 및 수행평가법이다.

듣기, 말하기, 읽기, 쓰기를 통해 학습한 문장들을 실제 상황으로 재현함으로써 학생들은 응용력은 물론 창의력까지 신장할 수 있을 것이다.

본 예시 수업은 모둠별 수업으로 주어진 단어를 이용하여 전화 내용을 작문하고 이것을 다시 재현하는 과정을 통해 일본어로 전화하는 방법을 배우고자 하는 데 의의가 있다.

◎ 수행평가 방법

교사가 제시하는 관련 단어들을 모둠별로 나누어 들고 먼저 단어를 이용한 3분 정도의 스토리보드를 만든다. 그리고 협동하여 스토리 보드를 일본어로 옮긴다. 완전한 문장이 될 수 있도록 교사의 지도를 받는다.

문장이 완성되면, 역할을 분담하고 차례대로 롤 플레이로 재현한다. 이때 교사는 학생들의 롤 플레이 장면을 캠코드로 녹화하여, 차후 평가에 활용한다. 관람 학생들은 단순히 롤 플레이 장면을 지켜보는 것이 아니라, 나누어준 평가지에 롤 플레이에 참여하는 학생들을 평가하게 하여, 수업 후 교사의 평가와 조율한다.

◎ 롤 플레이를 위한 평가 기준표

평가요소	점 수			비 고
	상	중	하	
주어진 단어 활용력	3	2	1	점수에 대한 구체적 내용 제시
상황에 대한 창의력	3	2	1	
상황 재현에 따른 유창성	3	2	1	
롤 플레이에 임하는 태도	3	2	1	
계				

Ⅲ. 결 론

　　본 연구에서는 새 학교 문화 창조의 일환으로 탄력적으로 운영될 제 7차 교육과정에 따른 각 교과목별 수행평가의 지침이 필요함을 절감하고, 그 기초 작업으로 수행평가의 이해 및 제2외국어 영역 중 일본어 수업에 있어서의 그 실례에 관해 연구했다.

　　본 연구를 요약하면 아래와 같다.

　　일반적 수행평가란 "학생 스스로가 자신의 지식이나 기능을 나타낼 수 있도록 답을 작성(구안)하거나, 발표하거나, 산출물을 만들거나, 행동으로 나타내도록 요구하는 평가 방식"으로, 본 연구에서는 교수·학습 현장에서 수행평가를 적용하기 위한 그 절차는 <그림 1>과 같이 제시했다.

　　또한 일본어 교과를 중심으로 수행평가의 실제를 연구했는데 우선 일본어과 제7차 교육과정의 특징을 분석하였으며 그에 따른 듣기, 말하기, 읽기, 쓰기, 문화 등의 영역에 있어 수행평가 채점 기준표 및 수행평가 일람표를 제시하였다. 아울러 실수업으로 토론법 퍼즐법, 롤 플레이 법 등에 의한 수행평가의 예를 구체적으로 제시하였다.

　　요컨대 이상의 연구를 통해 본 연구자는 수행평가의 실제란 단순히 평가법만의 변화가 아니라 학교 현장에서의 근원적인 교수·학습 방법상의 변화를 의미한다는 결론에 도달했다. 즉 지금까지의 교육의 변화가 변화를 위한 양적 변화였다면 이번 제7차 교육과정의 탄력적 운영에 따른 수행평가의 도입은 내용상의 질적 변화를 요구한다 할 것이다.

다시 말해 보다 새롭고 신선한 눈으로 교사는 교수·학습을 준비해야 할 것이고, 가장 전문적이고 가장 구체적으로 실천하는 교수·학습방법에 의해 수행평가는 자연스럽게 유도될 것이다.

끝으로 본 연구를 통해 현장 교사들에게 다음과 같은 활용을 기대하는 바이다.

1. 일선 학교 현장에서 막연하기만 한 제7차 교육과정 평가의 핵심인 수행평가에 대한 개념 및 특징들을 정리함으로 교사들에게 수행평가란 복잡하고 일만 많은 성가신 새로운 평가가 아니라 새로운 학교 문화 창조를 위한 도화선과도 같은 중요한 절차임을 절감하게 한다.

2. 본 연구에서는 수행평가를 교수·학습 현장에 어떻게 적용시킬 것인가에 대한 구체적 수행평가의 절차를 그림화해서 제시하였다. 이를 교사들은 자신의 수업 상황에 맞추어 재조정하여 활용하기 바란다.

3. 일본어과 7차 교육과정의 성격, 목표, 내용, 교수·학습 방법, 평가 등에 대해 살펴봄으로 일본어 교사들에 대한 7차 교육과정의 이해를 기대한다.

4. 한국교육과정평가원에서 국가 교육과정에 근거한 평가 기준 및 도구 개발 연구가 윤리, 국어, 공통수학, 공통사회, 국사, 공통과학, 체육Ⅰ, 음악Ⅰ, 미술Ⅰ, 공통 영어의 10개 과목에서는 이루어진 상태이지만, 일본어를 비롯한 제2외국어 영역의 개발은 아직 미진한 상태이다. 따라서 본 연구에서 제시한 일본어 수업에 있어서 수행평가의 방법 및 절차에 대한 실례가 학교 현장에서의 적극적으로 활용되기를 기대한다.

참고문헌

교육부, 1997, 『고등학교 교육과정』, 서울: 대한교과서 주식회사.

교육부, 1997, 『외국어과 교육과정』, 서울: 대한교과서 주식회사.

남명호, 1996, 「수행평가 방법의 활용과 발전과제」, 『교육월보』, 4월호, pp.42−45.

백순근, 1997, 「수행평가의 이론적 기초」, 『한국교육평가연구회 학술세미나 논문 발표집』.

백순근, 1998, 『수행평가의 이론과 실제』, 서울: 원미사.

백순근 외, 1999, 「총론」, 『국가 교육과정에 근거한 평가 기준 및 도구 개발 연구』, 한국교육과정평가원.

이소영 외, 1999, 「고등학교 공통 영어」, 『국가 교육과정에 근거한 평가 기준 및 도구 개발 연구』, 한국교육과정평가원.

최진황 외3, 1990, 「외국어과 교육의 역할 및 평가 방향 탐색」, 『교육의 본질 추구를 위한 외국어 교육평가 체제 연구(Ⅰ)』, 한국교육개발원.

최진황 외2, 1991, 「독일어·프랑스어과 평가 모형 및 예시 도구 개발」, 『교육의 본질 추구를 위한 외국어 교육평가 체제 연구(Ⅰ)』, 한국교육개발원.

최진황 외1, 1991, 「영어과 평가 모형 및 예시 도구 개발」, 『교육의 본질 추구를 위한 외국어 교육평가 체제 연구(Ⅱ)』, 한국교육개발원.

O'Malley J. M. & Pierce L. V, 1996, 『Authentic assessment for English language learners』. U. S. A.: Addison−Wesley Publishing Company

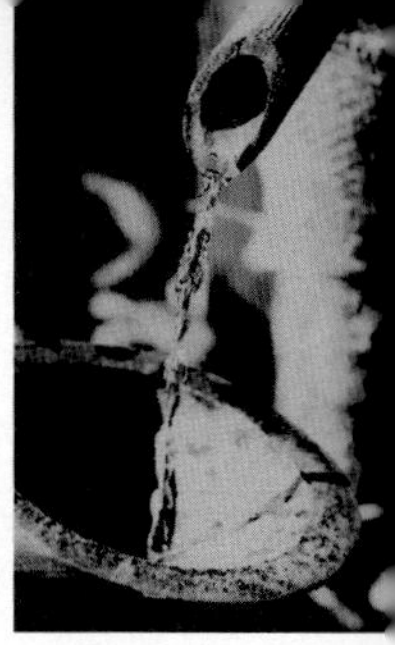

제 3 장

외국어과 수행평가 도구 개발
- 일본어과를 중심으로 -

Ⅰ. 연구의 필요성 및 목적

1998년에 발표된 교육부 교육개혁의 주요 방향은 교육의 다양화·전문화·특성화로 특징 지워질 수 있다. 즉 교수 학습 방법 및 평가 방법의 다양화·전문화·특성화를 지향하고 있다. 이러한 맥락에서 교육체제를 재구조화하기 위한 종합적인 시도 중의 하나로 수행평가를 도입하도록 하고 있다. 특히 '교육비전 2002: 새 학교 문화 창조' 안에서 제시하고 있는 교육평가 영역의 핵심적인 내용은 평가의 다양화·투명성 보장이며 그 세부 추진 사항 중의 하나가 학생을 총체적으로 이해하고 평가할 수 있도록 수행평가를 확대 실시하자는 것이다.

그러나 이러한 강력한 교육부의 의지가 무색하게도 실시 2년째인 지금, 학교 현장에서는 수행평가 실시에 따른 문제점들이 많이 지적되고 있다. 특히 실제 상황에 따른 유동적 변화 속에서 의사소통 능력과 외국에 대한 다양한 정보 이해 및 활용력을 중시하고 있는 외국어과의 경우 그 문제의 심각성은 더하다. 즉 다수의 교사들은 외국어과 수행평가의 경우, 평가 기준이 모호하거나, 반대로 자세한 평가 기준이 있다고 해도 평가 기준이 자세하면 자세할수록 교사의 업무부담이 크다. 뿐만 아니라, 탐구 능력이나 자신 의견 제시 능력과 같은 것들을 측정하는 데 있어서 많은 어려움이 있으며, 그러한 능력들을 실제적 상황에서 그 능력이 표출되는 순간들을 놓치지 않고 점수화한다는 것이 쉽지 않다는 문제점이 있다.

한편 수행평가는 개개인의 발달과정을 종합적으로 평가하기 위해 전체적이면서도 지속적으로 이루어져야 하는데 그러기에는 외국어과 특히 제2외국어과를 중심으로 적은 시수가 주는 부담, 많은 학생수, 과다한 잡무 등을 이유로 무리라는 지적이 많다. 때문에 외국어과 교사들의 다수는 다양한 교수학습 방법에 기초한 다양한 수행평가 방법을 활용하기보다는 회화 및 듣기를 조금 더 강조하는 과거와 큰 차이 없는 강의식 교수법으로 수업을 진행하며, 면접법이나 실기법 등 말하기 위주의 형식적 수행평가를 실시하고 있는 실정이다. 그러나 실제 상황에 따른 순간순간의 유동적 변화에 따른 의사소통이 평가의 주가 되어야 하는 외국어과에 있어서는 이러한 문제점을 보완할 수 있는 평가 도구 없이 오직 한 사람의 교사 평가에 대한 다양성·투명성에 의존한 다수 학생을 대상한 수행평가는 무리가 있다는 결론이다.

이상에서 언급한 사실들로부터 우리는 다음과 같은 수행평가 시스템의 필요성을 지적할 수 있다.

첫 째, 교사의 업무량을 획기적으로 줄여주는 효율적인 수행평가 체제
둘 째, 평가 도구의 신뢰성을 확보할 수 있는 수행평가 체제
셋 째, 개별화 교육이라는 측면에서 개인 학습자의 학습 발달 상황을 누가적으로 기록해나감으로써 지속적인 적응적 피드백이 가능하도록 수행평가 체제
넷 째, 대체로 제2외국어의 경우 수업 시수가 절대적으로 부족하기 때문에 수업시간 내에 평가를 해야 하는 부담을 줄여주는 수행평가 체제

그런데 이러한 필요성들을 적절히 충족시켜 줄 수 있는 가장 근접한 매체로는 역시 컴퓨터 기반의 데이터베이스를 활용하는 적응적 평가 시스템이라고 생각한다. 특히 WEB 기반의 평가 시스템은 수업시간의 평가 부담을 줄이고 방과 후 가정에서도 학생 스스로 수업시간에 학습한 내용을 평가해볼 수 있는 자기 주도적 평가 시스템의 개발에 적절한 매체라고 생각된다. 컴퓨터 기반 평가 시스템은 교사의 업무량과

평가 결과 처리시간을 획기적으로 줄여줄 수 있을 뿐만 아니라 몇몇 교사가 수고한 작업이 전국의 다른 교사들에 의해서도 실시간으로 재사용 가능하게 된다. 그리고 데이터베이스 구축은 학습자 특성과 활동을 누가적으로 기록함으로써 평가 결과에 대한 개별화된 피드백을 지속적으로 제공해 줄 수 있게 된다. 더욱이 컴퓨터가 제공하는 멀티미디어 기능은 다양한 그림, 동영상 그리고 음성 등을 활용하여 실제 상황과 유사한 평가 문항을 제작 가능하게 해준다.

한편 CAT(Computerized Adaptive Testing)은 WEB 기반 평가 시스템의 효율성을 더욱 높여 줄 수 있는 평가 시스템이다. CAT는 가능한 최소한의 평가 문항으로 평가의 신뢰성을 유지하면서도 평가의 목적을 달성하는 평가 시스템이기 때문에 WEB 기반의 평가 시스템과 CAT 평가 시스템이 결합된다면 상당한 효율성을 확보할 수 있으리라 기대된다.

그러나 이러한 많은 장점들에도 불구하고 현재까지 이러한 장점들을 취할 수 있는 WEB 기반에서 CAT를 활용한 일본어 수행평가 관리시스템에 관한 연구들은 그 유례를 찾아보기 힘든 실정이다. 이는 일본어뿐만 아니라 다른 외국어 평가에 관한 연구들에 있어서도 예외가 아니라고 생각된다. 따라서 이에 관한 기초적인 연구들의 필요성이 절실하다고 생각되는 바이다.

지금까지 언급한 연구의 필요성을 바탕으로 한 본 연구의 목적은 다음과 같다.

첫 째, 효율적인 일본어 수행평가를 위하여 CAT가 부가된 WEB 기반 평가시스템 모형을 개발한다.
둘 째, 개별화된 적응적 평가와 피드백이 가능하도록 하는 데이터베이스 모형을 개발한다.
셋 째, WEB 기반의 일본어 멀티미디어 평가를 실제로 구현한다.
넷 째, 개발된 모형을 실제로 적용해보고 그에 대한 효과를 학생들의 태도를 중심으로 분석한다.

II. 이론적 배경

A. 선행연구 분석

지금까지 교육부 및 한국교육개발원의 연구 현황을 분석해 보면, 새 교육과정 체제하에서의 학생들의 학습 과제 평가를 어떤 도구를 이용하여, 어떻게 해야 하는가에 대하여 구체적인 지침을 제시하지 못하고 있다. 그러던 중 1998년 12월 한국교육과정평가원에서는 ≪국가 교육과정에 근거한 평가 기준 및 도구 개발 연구≫를 공통 필수 10개 과목에 한해 제안하였고, 학교 현장에서의 활용에 많은 기대를 걸었다.

이후 공통 필수 과목에 대해서는 꾸준히 수행평가에 대한 이해 및 실례에 대한 논문들이 발표되고 있다.

그러나 제2외국어과 중 특히, 일본어과 관련 수행평가 연구는 본 연구자에 의한 <일본어과 수행평가의 이해 및 실례> (이명희 & 정희영, 1998), <일본어과 수행평가를 위한 평가 기준 제안> (이명희 & 정희영, 1999), <현장에서 본 일본어과 수행평가 실시에 따른 문제점 및 개선안> (이정숙 & 류은경, 2000) 등을 제외하면 그 발표 예를 찾기 어렵다. 뿐만 아니라 수행평가 실제에 있어 가장 큰 문제점으로 부각되는 평가 도구에 대한 연구, 특히 컴퓨터 관련 평가 도구 연구는 전무한 실정이다.

B. CAT와 WEB 기반 평가시스템의 만남

CAT(Computerized Adaptive Testing)는 컴퓨터 공학과 검사이론이 서로 긴밀하게 연결되면서 발전된 하나의 검사방법으로, 각 피험자 수준에 적절한 형태의 검사를 개별적으로 실시함으로써 짧은 시간 안에 적은 수의 문항으로도 측정하고자 하는 제 특성을 보다 정확하고 효율적으로 측정할 수 있다.(백순근, 1998) 기존의 지필식 검사와 비교해 볼 때, CAT는 검사길이의 감소, 검사절차의 단순화, 검사의 시행·채점·결과보고 등 운영상의 편리함뿐만 아니라 다양한 형태의 문항제작, 개별검사의 실시 등 교육적으로도 많은 장점을 지닌 것은 이미 많은 연구들(Burderson et al., 1986, Mazzeo & Harvey, 1988, Wise et al., 1989)에서 밝혀진 사실이다. 예컨대, 일반적으로 학력검사의 경우 CAT를 실시하면 지필 검사에 소요되는 문항수의 약 ½ 정도의 문항만으로도 지필 검사와 비슷한 결과를 낼 수 있으며,(Koch, Dodd & Fitzpatrick, 1990) 다단계형 문항을 사용한 태도검사의 경우에는 약 ¼ 정도의 문항만으로도 지필 검사와 비슷한 결과를 낼 수 있다.(Baek, 1993) 또한 CAT는 지속적으로 발전되고 있는 컴퓨터 기술의 도움으로 컴퓨터 그래픽이나 음성장치 등을 이용하여 기존의 지필 검사로는 평가가 불가능했던 부분에 능력까지도 평가할 수 있게 해 줌으로써 평가 대상의 영역을 넓혀 줄 뿐만 아니라 다양한 형태의 문항 제작을 가능하게 한다.(성태제, 1992; Wainer, 1990)

지금까지 연구되고 있는 CAT는 MAIS,(Minnesota Adaptive Instructional System; Tennyson & Christensen, 1988) SPRT,(Sequential Probability Ratio Testing; Frick, 1990, Wald, 1947) EXSPRT(Expert–SPRT; Frick, 1990) 등 여러 종류가 있는데, 장점을 살펴보면 다음과 같다.(김영환 & 손미, 1997)

- 한 번 개발되고 나면 전통적인 지필식 검사에 비해 검사제작, 시행, 채점, 그리고 결과보고 등에 소요되는 시간이나 경비를 절감할 수 있다.(성태제, 1992, Olsen et al., 1986)
- 멀티미디어 자료를 활용해서 다양한 형태의 문항 제작이 가능하다.
- 컴퓨터 프로그램을 활용하기 때문에 문항제시 시간의 통제나 검사실시 시간의 통제 등 실제 활용상의 표준화가 용이하여 그 활용이 쉽다.
- 검사 문항들을 종이에 인쇄할 필요가 없고, 인쇄물의 보관이나 수송에 따로 시간이나 경비를 할애하지 않아도 되며 검사 내용에 대한 비밀 보장이 가능하다.
- 지필검사 방식으로는 얻기 어려운 문항별 응답소요 시간과 같이 학습자에 대한 다양한 정보를 얻을 수 있다.(백순근, 1994, Bunderson et al., 1989)

이러한 장점들에 힘입어 국내에서도 SPRT를 국내 실정에 맞게 변환한 K-SPRT(김영환, 1997)가 개발되어 실제 평가에 활용되고 있으나(부산대학교 사범대학 교육방법 및 교육공학 학부생들에게 적용), 아직 다른 분야로의 적용이 제대로 이루어지지 못하고 있다. 그래서 여기서는 이를 일본어 수행평가에 확대 적용하여 보고자 하는 것이다.

하지만 현재까지 행해진 CAT에 대한 연구들은 모두 stand alone상에서 이루어졌다. 그러나 이제 교육평가 시스템은 거의 온라인상에서 이루어지고 관리되는 추세에 있고 또한 문항의 구성 요소들이 테스트뿐만 아니라 이미지, 음성, 동영상 등을 포함하는 멀티미디어 요소를 포함하여 평가의 실제성과 상황성을 높이고 있다. 또한 WEB기반에서의 CAT는 평가 결과는 물론 학습의 과정까지 모두 실시간으로 테이터베이스화되어 평가관리의 신속성과 정확성을 기할 수 있다. 따라서 이제는 대부분의 평가시스템이 WEB에서 구현되는 것이 필요하다.(김영환 & 정희태, 2000)

이에 본 연구는 외국어(일본어과를 중심으로)과 수행평가의 문제점을 개선하기 위해 컴퓨터의 계산 및 제어 능력을 이용하여 피험자의 수준에 적절한 형태의 평가를 개별적으로 할 수 있는 CAT를 WEB상에서 구현하기 위한 방법 탐구를 통한 수행평가 도구를 개발, 이를 현장에 적용해 보고자 했다.

C. 평가 툴 개발을 위한 준거 체제 정립

1. 일본어 교육과정 분석[4]

본 연구에서는 제7차 일본어 교육과정 중 일본어 I에 중점을 두어 논하고자 한다.

① 성 격

일본어 교과는 다른 제2외국어과에 비해 특히 국민적 정서가 많이 반영되고 있는 언어이다. 경우에 따라서는 이 국민적 정서가 학습 욕구를 촉진시킬 수도 있겠지만, 역으로 말하자면 바로 이것이 문제가 되어 학습초기부터 학습자에게 저항감을 줄 수도 있고 이것으로 인해 학습자는 굴곡된 학습을 할 수 있다.

따라서 일본어 교과는 학습을 통해 무엇보다도 일본이라는 국가에 대한 객관적 시각을 길러줄 필요가 있다. 이는 학습자들이 굴곡된 감정으로부터 독립할 수 있을 때 진정한 의미의 외국어 학습이 가능할 뿐만 아니라, 학습 그 자체에 깊이를 둘 수 있기 때문이다.

---

4) 이명희·정희영(1998) 수행평가의 이해 및 일본어 수업에 있어서의 실제. 한국교과 교육학회. 한국교과교육학회.

② 목 표

일본어 교과 목표는 지금까지의 교육과정이 가지던 듣고, 쓰고, 말하고, 읽는 일본어 그 자체에 대한 언어적 능력만을 목표로 하지 않는 점이 가장 큰 특징이라 할 것이다.

다시 말해, 언어적 목표보다는 언어 외적인 것, 즉 일본어를 학습하려는 태도, 자세, 마음가짐을 비롯하여, 모어 이외의 언어를 이용하여 정보화 시대에 대응할 수 있는, 그래서 국제인으로의 기본적 소양을 기르고자 하는 데 그 목표가 있다.

덧붙여 말하자면, 이러한 일본어 교육 목표를 이루기 위해서 필요한 평가가 수행평가임을 다시 한 번 더 확인할 수 있다.

③ 내 용

7차 교육과정의 내용 체제 중에 두드러진 특징은 의사소통 활동 항목이 신설된 것이다. 6차 교육과정에서는 학습 목표를 제시한 뒤 내용 부분에 언어 기능, 의사소통 기능, 언어 재료 등 언어 재료성 내용만을 제시하였으나, 7차에는 목표에 이어 내용 부분에 그 목표를 달성하기 위한 언어활동 내용으로서의 의사소통 활동 항목을 추가한 것이다.(이덕봉, 1998)

또 하나의 특징은 1, 2권 모두 음성 언어 중심의 교재로 편성되었다는 점이다. 종전에는 1권은 말하기 중심, 2권은 읽기 중심으로 나뉘어 있었고, 2권의 수준이 너무 어려워 현실적으로는 활용되는 경우가 드물었다는 문제점을 해결하기 위하여 2권도 1권과 같은 말하기 중심 체제를 취하게 한다.

6차에서는 듣기와 읽기를 묶어 이해 과정으로, 말하기와 쓰기를 표현 과정으로 설정하여 학습하도록 하고 있다. 그러나 이는 수업 진행 방법상의 문제점이 많을 뿐만 아니라 듣기 다음에 읽기 단계를 설정함에 따라 말하기와의 인지적 단절을 초래하게 되는 비능률적 학습 단계라 판단되어 7차에서는 대폭 수정하였다.

언어 학습은 통합 기능적으로 지도할 때 가장 효과적이라는 이론에 따라 듣기와 말하기를 묶어 함께 학습하고, 청각 영상과 문자 영상의 결합 과정으로서의 발음 연습 단계를 읽기의 초기에 설정한 뒤, 읽기와 쓰기 단계로 넘어가도록 하였다. 즉 듣기와 말하기에 중점을 두고 읽기와 쓰기를 가볍게 학습하도록 한다.

한편 문화부분이 강조된 것 역시 6차에 없던 7차 교육과정의 특징 중 하나라 할 것이다. 7차 교육과정에서는 학생의 흥미, 필요, 지적 수준 등을 고려하여 의사소통 의욕을 유발할 수 있는 것으로 문화에 대한 수업을 강조하고 있으며, 이 문화 수업의 내용은 실제 생활에서 사용할 수 있는 것으로 듣기, 말하기, 읽기, 쓰기는 연계성을 가지도록 유도하고 있다. 따라서 교사는 지금까지 언어적인 수업 준비 이외에 문화적인 수업 준비에도 유념해야 할 것이며, 이는 교사의 전공 언어 영역에 대한 전문성에 의해 좌우될 것으로 기대된다.

④ 교수 학습 방법

교수 학습 방법에 대한 제7차 교육과정에서의 가장 큰 변화는 멀티미디어 시설을 이용한 교수법의 권장과 인터넷 체험 등을 들 수 있다. 이는 넘쳐나는 지식의 홍수 속에서 과거 양적 지식의 교수 학습 방법에서 정보화 시대로 새로운 천년을 준비해야 하는 질적 지식을 위한 기초 과정이다.

즉 학교 현장에서부터 정보 검색 능력의 보편화로 교사 일방적인 교수가 아니라 학생 스스로 자발적으로 수업에 임하며, 그것이 외국어 학습에 있어서도 학생 스스로 한 언어를 체득하고 발견하도록 하는 것이다. 따라서 교사는 조언자이며, 충고자의 역할을 한다.

⑤ 평 가

종전의 평가 항목은 그 기술이 간단하였으나, 7차에서는 학습 목표에 입각하여 구체적인 평가 목표와 방법을 제시하였다. 특히 종전의 상대 평가 및 획일적 전체 평가에서 머물지 않고, 학생들의 학습 과정을 진단하는 수행평가를 강조하고 있다.

따라서 일선 학교 현장에서는 교사 스스로 지금까지의 평가에 대한 인식을 전면적으로 재구성해야 하며, 각자의 전공과 학생 수준 및 학교 현실에 맞는 수행평가가 이루어지도록 노력해야 한다.

2. 일본어 교사들의 요구자 분석[5]

일본어 교사들의 요구자 분석을 위해서 제2외국어과인 일본어과를 중심으로 수행평가의 일반적 특성과 수행평가 방법들을 근거로 부산시내 인문고등학교 일본어과 교사에 대한 설문을 통해 연구한 논문의 결과를 보면,

① 대부분의 일본어과 교사들은 수행평가 실시에 대해 강한 부정도 강한 긍정도 아닌 유연한 자세를 취하고 있었다.
② 그리고 이들은 수행평가의 이해에 대한 질문에 그저 그렇다는 답에 대부분 반응을 보였다.
③ 그러나 수행평가의 평가 반영률을 묻는 질문에는 대부분 30%가량 반영하고 있는 것으로 나타났다.

이상 수행평가에 대한 이해에 대한 결과를 분석하면 교사들은 수행평가에 대해 수행평가 실시 이전만큼 강한 반발은 보이지 않는 것으로 나타났으며, 비교적 높은 비율을 수행평가로 반영하고 있었다.

다만 교사들은 아직 스스로 인정하듯이 수행평가를 완전히 이해하고 있지 않으며 그로 인해 사실상 현장에서 30%가량 반영되고 있는 일본

---

5) 이정숙·류은경(2000. 2.) 현장에서 본 일본어과 수행평가 실시에 따른 문제점 및 개선안, 신라대학교, 교육과학연구소.

어 관련 수행평가가 진정한 의미의 수행평가인지 조심스러운 의문을 제기하지 않을 수 없다.

따라서 이러한 교사들의 수행평가의 이해에 대한 근본적인 해결을 위해서는 보다 적극적이고 다양한 각 교과목별 수행평가 연수가 활발히 이루어져야 한다.

④ 대부분의 교사들은 일본어과 수행평가의 답을 서술식으로 작성하거나 행동으로 나타낼 수 있다고 답하고 있다.

⑤ 반면 실제 상황하에서 교육 목표 달성 여부를 파악하는 일에는 부정적인 시각을 갖고 있다.

⑥ 개개인의 변화 발달 과정을 종합적으로 평가하기 위해 전체적이면서도 지속적으로 수행평가가 행해져야 한다는 사실에 긍정은 하지만 현실적인 면에서 난색을 나타내고 있다.

⑦ 수행평가가 집단 평가도 중시한다는 것에 대부분의 일본어과 교사들은 긍정적인 반응을 보였다.

⑧ 반면 수행평가는 창의, 비판, 종합과 같은 고등 사고 능력의 측정을 중히 여기는 방식으로 이것에 대한 일본어과의 활용 여부에는 매우 부정적인 것으로 나타났다.

이상의 수행평가 특징에 대한 일본어과 교사들의 반응상 공통점으로는 수행평가는 평가 준거가 명확하기 어려우며, 따라서 기존의 지필고사에 비해 교사들의 평가 관련 업무가 많고 이는 적은 시수와 많은 학생들을 담당하고 있는 제2외국어과 교사에게 있어서는 상당히 곤역스러운 일로 느끼고 있음이 나타났다.

그러나 교사들은 열악한 환경이지만 그 속에서 교사들 나름대로 이해하고 있는 수행평가를 실시하고자 노력하고 있음을 알 수 있었다.

⑨ 일본어과 교사들은 수행평가의 여러 방법 가운데 구술시험이나

실기 시험을 주로 활용하고 있으며, 다음으로는 서술형 및 논술형 검사와 면접법, 포트 폴리오법 등으로 나타났다.

요컨대, 동일한 평가 방법이라고 하더라도 교과목의 특성이나 평가하고자 하는 능력의 특성에 따라 수행평가의 본질을 구현하는 정도가 달라질 수 있기에 어떤 평가가 많이 활용되고 안 되고는 교사와 학생의 교수−학습과정에 따라 결정되어야 한다.

따라서 지금은 구술시험이나 실기 시험이 주로 활용되고 있지만, 듣기, 읽기, 쓰기, 말하기를 문화와 연관지어 보다 다양한 평가법이 보다 적극적인 교수−학습 방법 속에서 실시될 수 있도록 더 많은 노력이 필요하다.

Ⅲ. 연구의 실행

A. 평가 도구 개발

1. WEB 기반 일본어 수행평가 시스템의 설계

시스템의 구성은 크게 학습자, 관리교사 모델로 구성되었으며, 각 하부 시스템 간의 정보 교환은 데이터베이스를 통하여 원활하게 이루어지도록 설계되었다. 데이터베이스는 크게 학습자 DB, 문제은행 DB로 나누어지는데, 전체적인 정보의 흐름은 결국 관리교사에게 집중된다. 관리교사는 자신의 문제를 관리하고 자신의 학생들을 통제할 수 있는 권한이 있으며, 자신이 관리하는 전학생들의 문제풀이 과정을 감독할 수 있다. 즉 필요에 따라 문제를 계속적으로 출제하고 학생들의 행동을 통제할 수 있다. 이제 각 하부 시스템을 자세히 살펴보자. 전체 시스템의 설명 과정에서 <표 1>의 WEB 기반 수행평가 모델을 참조하도록 한다.

① 관리교사 모델

관리교사가 가장 먼저 해야 할 일은 학생 DB에 접근하여 시스템 접근이 허가된 등록된 학생들을 관리하는 것이다. 자격이 없는 학생이 시스템에 접근하고 있는지 등의 여부를 체크하고 아직 미등록된 학생에게 통보하여 등록토록 권고하는 등의 작업이 요구된다.

다음으로 관리교사는 문제 은행 DB에 접근하여 문제의 유형을 정의한 후 문제를 입력하거나 수정하는 등의 문제 은행관리 작업과 학습자 DB에 접근하여 학생들이 문제를 어느 정도 충실하게 풀었는가를 조회하는 작업을 하게 된다. 한편, CAT(K-SPRT)로 문제를 풀이할 경우 합격점과 판정오차 α, β 값을 입력하는 등의 기초 작업도 해야 한다. <표 1>에서의 관리교사 모델에 포함된 CAT 실행변수 설정 작업이 바로 그러한 기초 작업을 뜻한다.

마지막으로 관리교사는 게시판을 통해서 학생들이 올린 시스템 접근이나 학습 내용에 대한 질문들에 대해 충실한 답변을 해 주어야 한다.

② 학생 모델

인증 과정을 통해서 학생 모델에 진입한 학생은 문제풀이와 내용들을 선택하여야 한다. 예를 들어, 교과, 단원, 영역 등을 선택하고 나면 단순히 연습을 위해서 계속적으로 문제풀이를 진행할 것인지, 아니면 CAT를 실행하여 최종 평가를 받을 것인지를 선택하여야 한다. 학생이 문제를 다 풀고 난 후에는 그 결과가 최종적으로 학생들에게 제시되고 또 학생 DB에도 기록이 된다. 나중에 교사는 그 학생 DB를 통해서 특정 학생이 어떤 문제를 어떤 형태로 풀었으며, 어떤 결과를 얻었는지를 알 수 있게 된다.

<표 1>에 나타난 바와 같이 수행평가의 형태는 두 가지 평가 모드로 설계되었다. 한 가지는 일반적인 시험 형태와 마찬가지로 전체 문항에 대해 평가를 실시하는 방식으로 일반적인 수행평가의 개념을 적용한 평가 방법으로서 개인의 학습 과정을 평가하는 것이고, 두 번째는 하나는 오로지 개인의 성과만을 평가하는 것으로서 CAT를 이용하는 것이다. 이 평가모드는 주로 단원별 최종 평가에 주로 이용된다. 이렇게 두 가지 모드로 나누는 이유는 CAT가 가지는 단점(학습 결과만의 제시, 피드백을 줄 수 없음)을 보완하기 위한 것이다. 즉 CAT 평가

에 학생이 평가에 임하는 과정상의 성실성을 인정하는 일반적인 수행평가 방법을 보충함으로써, 피험자의 동기유발 및 사기 진작, 개별적인 교수-학습 정보 제공, 다양한 피험자 정보 제공, 공정한 평가 환경 제공, 평가의 효율성 개선, 평가의 정확성 개선, 평가 결과 분석의 정확성 및 효율성 제고 등의 장점을 잘 살리기 위한 것이다.

<표 1>의 학생 모델 부분에서 보이는 CAT 평가는 학생의 단원별 최종 평가이다. 이 CAT 평가는 대개 교사의 감독하에 실시된다. CAT에 도입된 시스템은 K-SPRT 평가 시스템(김영환, 1994)이다. 그리고 WEB 기반 일본어 수행평가 시스템의 데이터베이스 구성형태는 <표 2>에서 <표 6>까지를 참조하라.

<h3 align="center">〈표 1〉 WEB 기반 일본어 수행평가 관리 모델</h3>

	관리 교사 업무	데이터베이스
교사 모델	• 학생 ID, 비밀번호, 신상 정보(학번, 소속 등) 관리	학생 DB
	• 문제유형 결정 - 문제유형 40개 • 문제 관련 자료 제작(텍스트 입력, 그림제작, 음성파일 제작) • 문제입력 • 피드백 테이블에 상호작용 메시지 입력 • CAT 관련 변수 입력(합격점 및 판정 오차 허용치 α,β 값)	문제정보 DB 문제은행 DB
	• 각종 조회 자료 출력 ① 성적일람표 ② 수행평가표	학습자평가 DB
	• 게시판 관리 - 시스템 운영이나 학습 내용에 따른 학생들의 각종 질문에 답하기	게시판 DB
	학생 활동	데이터베이스
학생 모델	• 문제풀이 ① 연습모드 문제풀이 ② 평가모드 - CAT(Computerized Adaptive Testing) *) 연습모드는 가정에서 각자 모의시험을 실시하기 *) CAT는 교사의 감독하에서 실시 • 게시판 - 시스템 운영이나 학습 내용에 관한 문의	학습자 DB 학습자평가 DB 문제은행 DB 게시판 DB

〈표 2〉 학습자 정보 테이블의 레코드 구조

학습자 id	이름	학번	성별	학교명	계열	학년	반

〈표 3〉 학습자 평가 정보 테이블의 레코드 구조

학습자 id	평가 id	접속 날짜	구분	학년	학과	과목	영역	단원명	주제	유형	평가 문항수	틀린문항 리스트	맞는문항 리스트	합격 추정선	불합격 추정선	반응	판정	알파값	베타값	피드백 유무

〈표 4〉 문항 정보 테이블의 레코드 구조

문항번호	구분 (초, 중, 고, 기타)	학년	과목	영역	단원	주제	유형 (1~40)	검색어	피드백유무 0(없음), 1(있음)	지문유무 (0 or 1)	문항 선택지 랜덤출력 여부(T,F)	출제 횟수	틀린 횟수	내적 일치도

여기서 만약 피드백 유무 필드에 1(있음)을 세트하였다면 나중에 피드백 테이블의 피드백메시지와 연결되게 된다.

〈표 5〉 피드백 테이블의 레코드 구조

문항 id	피드백 메시지

다음에 제시되는 <표 6>은 연구의 목적에서 제시되었던 멀티미디어 문항제작을 위한 문항유형과 멀티미디어 구성요소들을 상세히 보여주고 있다.

〈표 6〉 문항 유형과 멀티미디어 구성요소

번호	형태	필드 구성
1	단답형	문항번호, 정답, 피드백
2	단답형 + image	문항번호, 문항text, 이미지경로 / 파일명, 정답, 피드백
3	단답형 + sound	문항번호, 문항text, 사운드 경로 / 파일명, 정답, 피드백
4	단답형 + 동영상	문항번호, 문항text, 동화상 경로 / 파일명, 정답, 피드백
5	단답형 + image + sound	문항번호, 문항text, 이미지경로 / 파일명, 사운드경로 / 파일명, 정답, 피드백
6	선다형	문항번호, 문항text, 텍스트 선택지1~텍스트 선택지5, 정답, 피드백
7	선다형 + image	문항번호, 문항text, 이미지경로 / 파일명, 선택지1~선택지5, 정답, 피드백
8	선다형 + sound	문항번호, 문항text, 사운드경로 / 파일명, 선택지1~선택지5, 정답, 피드백
9	선다형 + 동영상	문항번호, 문항text, 동영상경로 / 파일명, 선택지1~선택지5, 정답, 피드백
10	선다형 + image + sound	문항번호, 문항text, 이미지경로 / 파일명, 사운드경로 / 파일명, 선택지1~선택지5, 정답, 피드백
11	선다형 + 선택image	문항번호, 문항text, 선택이미지경로 / 파일명1~선택이미지경로 / 파일명5, 정답, 피드백
12	선다형 + image + 선택image	문항번호, 문항text, 이미지경로 / 파일명, 선택이미지경로 / 파일명1~선택이미지경로 / 파일명5, 정답, 피드백
13	선다형 + sound + 선택image	문항번호, 문항text, 사운드경로 / 파일명, 선택이미지경로 / 파일명1~선택이미지경로 / 파일명5, 정답, 피드백
14	선다형 + 동영상 + 선택image	문항번호, 문항text, 동영상경로 / 파일명, 선택이미지경로 / 파일명1~선택이미지경로 / 파일명5, 정답, 피드백
15	선다형 + image sound + 선택image	문항번호, 문항text, 이미지경로 / 파일명, 사운드경로 / 파일명, 선택이미지경로 / 파일명1~선택이미지경로 / 파일명5, 정답, 피드백
16	선다형 + 선택sound	문항번호, 문항text, 선택사운드경로 / 파일명1~선택사운드경로 / 파일명5, 정답, 피드백
17	선다형 + image + 선택sound	문항번호, 문항text, 이미지경로 / 파일명, 선택사운드경로 / 파일명1~선택사운드경로 / 파일명5, 정답, 피드백
18	선다형 + sound + 선택sound	문항번호, 문항text, 사운드경로 / 파일명, 선택사운드경로 / 파일명1~선택사운드경로 / 파일명5, 정답, 피드백
19	선다형 + 동영상 + 선택sound	문항번호, 문항text, 동영상경로 / 파일명, 선택사운드경로 / 파일명1~선택사운드경로 / 파일명5, 정답, 피드백
20	선다형 + sound + 선택sound	문항번호, 문항text, 이미지경로 / 파일명, 사운드경로 / 파일명, 선택사운드경로 / 파일명1~선택사운드경로 / 파일명5, 정답, 피드백

번호	형태	필드 구성
21	선다형 + 선택text + 선택image	문항번호, 문항text, 선택text1～선택text5, 선택이미지경로 / 파일명1～선택이미지경로 / 파일명5, 정답, 피드백
22	선다형 + image + 선택text + 선택image	문항번호, 문항text, 이미지경로 / 파일명, 선택text1～선택text5, 선택이미지경로 / 파일명1～선택이미지경로 / 파일명5, 정답, 피드백
23	선다형 + sound + 선택text + 선택image	문항번호, 문항text, 사운드경로 / 파일명, 선택text1～선택text5, 선택이미지경로 / 파일명1～선택이미지경로 / 파일명5, 정답, 피드백
24	선다형 + 동영상 + 선택text + 선택image	문항번호, 문항text, 동영상경로 / 파일명, 선택text1～선택text5, 선택이미지경로 / 파일명1～선택이미지경로 / 파일명5, 정답, 피드백
25	선다형 + iamge + sound + 선택text + 선택image	문항번호, 문항text, 동영상경로 / 파일명, 선택text1～선택text5, 선택이미지경로 / 파일명1～선택이미지경로 / 파일명5, 정답, 피드백
26	선다형 + 선택text + 선택sound	문항번호, 문항text, 선택text1～선택text5, 선택사운드경로 / 파일명1～선택사운드경로 / 파일명5, 정답, 피드백
27	선다형 + iamge + 선택text + 선택image	문항번호, 문항text, 이미지경로 / 파일명, 선택text1～선택text5, 선택사운드경로 / 파일명1～선택사운드경로 / 파일명5, 정답, 피드백
28	선다형 + sound + 선택text + 선택sound	문항번호, 문항text, 사운드경로 / 파일명, 선택text1～선택text5, 선택사운드경로 / 파일명1～선택사운드경로 / 파일명5, 정답, 피드백
29	선다형 + 동영상 + 선택text + 선택sound	문항번호, 문항text, 동화상경로 / 파일명, 선택text1～선택text5, 선택사운드경로 / 파일명1～선택사운드경로 / 파일명5, 정답, 피드백
30	선다형 + iamge + sound + 선택text + 선택sound	문항번호, 문항text, 이미지경로 / 파일명, 사운드경로 / 파일명, 선택text1～선택text5, 선택사운드경로 / 파일명1～선택사운드경로 / 파일명5, 정답, 피드백
31	선다형 + 선택text + 선택image + 선택sound	문항번호, 문항text, 선택text1～선택text5, 선택이미지경로 / 파일명1～선택이미지경로 / 파일명5, 선택사운드경로 / 파일명1～선택사운드경로 / 파일명5, 정답, 피드백
32	선다형 + image + 선택text + 선택image + 선택sound	문항번호, 문항text, 이미지경로 / 파일명, 선택text1～선택text5, 선택이미지경로 / 파일명1～선택이미지경로 / 파일명5, 선택사운드경로 / 파일명1～선택사운드경로 / 파일명5, 정답, 피드백
33	선다형 + sound + 선택text + 선택image + 선택sound	문항번호, 문항text, 사운드경로 / 파일명, 선택text1～선택text5, 선택이미지경로 / 파일명1～선택이미지경로 / 파일명5, 선택사운드경로 / 파일명1～선택사운드경로 / 파일명5, 정답, 피드백
34	선다형 + 동영상 + 선택text + 선택image + 선택sound	문항번호, 문항text, 동영상경로 / 파일명, 선택text1～선택text5, 선택이미지경로 / 파일명1～선택이미지경로 / 파일명5, 선택사운드경로 / 파일명1～선택사운드경로 / 파일명5, 정답, 피드백
35	선다형 + image + 선택text + 선택image + 선택sound	문항번호, 문항text, 이미지경로 / 파일명, 선택text1～선택text5, 선택이미지경로 / 파일명1～선택이미지경로 / 파일명5, 선택사운드경로 / 파일명1～선택사운드경로 / 파일명5, 정답, 피드백

번호	형태	필드 구성
36	단어나열형	문항번호, 문항text, 정답선택text1~정답선택text8, 정답, 피드백
37	단어나열형 +image	문항번호, 문항text, 이미지경로 / 파일명, 정답선택text1~정답선택text8, 정답, 피드백
38	단어나열형 +sound	문항번호, 문항text, 사운드경로 / 파일명, 정답선택text1~정답선택text8, 정답, 피드백
39	단어나열형 +동영상	문항번호, 문항text, 동영상경로 / 파일명, 정답선택text1~정답선택text8, 정답, 피드백
40	단어나열형 +image + sound	문항번호, 문항text, 이미지경로 / 파일명, 사운드경로 / 파일명, 정답선택text1~정답선택text8, 정답, 피드백

③ 문제풀이 시의 피드백(feed-back) 설계

피드백은 CAT 평가 동안은 주어지지 않으나 연습모드에서는 상세한 피드백이 주어진다. 피드백은 두 가지 채널에서 주어지는데, 한 가지는 문제 입력 시에 포함되는 간단한 피드백이고, 좀더 자세한 피드백은 따로 피드백 DB를 두어 문제 ID에 따라 자세한 피드백을 입력해 놓는 것이다. 연습모드에서 학생들이 문제를 푸는 도중에 좀더 자세한 피드백을 원할 경우 피드백 DB로 연결되어 피드백 메세지가 따로 윈도우에 나타난다.

B. WEB 기반 일본어 평가 시스템 구현

앞에서 설계된 WEB 기반 일본어 수행평가 시스템의 구조에 따라 데이터베이스 관리 및 평가 실행 홈페이지와 평가 엔진이 개발되었다. 평가 시스템 개발을 위한 운영체제로 Linux가 채택되었으며, 프로그래밍 언어로는 php3 스크립트 언어가, 그리고 데이터베이스로는 mysql이 사용되었다. 그리하여 다음과 같은 형태로 수행평가 시스템이 실제로 개발되어 적용될 수 있게 되었다.

1. 주 메뉴

<그림 1>은 WEB기반 일본어 평가 도구 사이트의 메인 화면인데, 회원 가입, 문제풀기, 게시판, 방명록의 5개 메뉴로 구성되어 있다. 게시판과 방명록의 설명은 너무나 일반적인 것이므로 지면 관계상 제외하고, 회원가입, 문제풀기, 관리자 메뉴에 대해서만 설명한다.

〈그림 1〉 WEB 기반 일본어 평가 도구 메인 화면

2. 데이터베이스 관리

① 사용자 등록 및 인증

<그림 2>는 회원가입(사용자 입력 과정)을 보여준다. 이곳에서 입력한 필드들이 사용자 데이터베이스에 기록된다. 나중에 등록된 사용자가 문제풀이를 시작하려면 <그림 2>와 같이 사용자의 ID와 비밀번호를 입력하게 함으로써 인증과정을 거치게 된다.

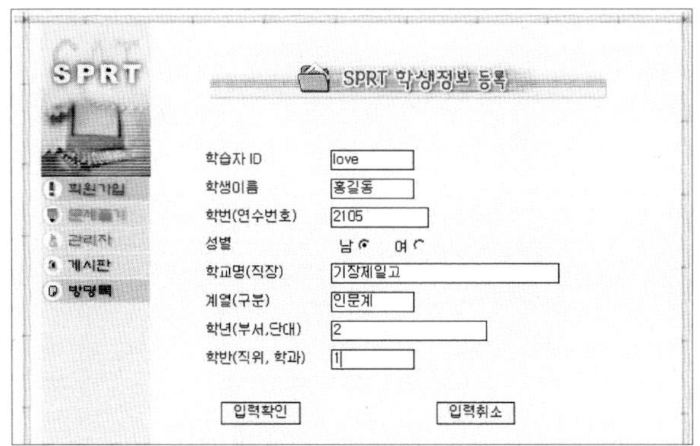

〈그림 2〉 사용자 등록창

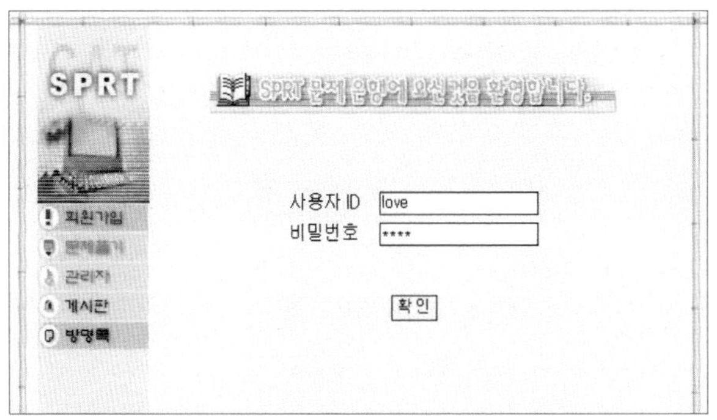

〈그림 3〉 사용자 인증

② 문제 입력

문제 입력은 관리자 모드에서 지원된다. <그림 1>의 메인 화면에서 관리자 메뉴를 선택하면 <그림 4>와 같이 관리지 인증 화면이 나타난다. 여기서 인증 과정을 마치면 <그림 5>와 같이 관리자 하위메뉴가 나타나는데 문제출제 메뉴를 선택하면 멀티미디어 문항을 입력할 수 있게 된다. 한편, 시험문제 출제 및 학습자 관리를 맡는 관리교사의 id 나 password 등은 전체 시스템 관리자에 의해서 권한이 부여된다.

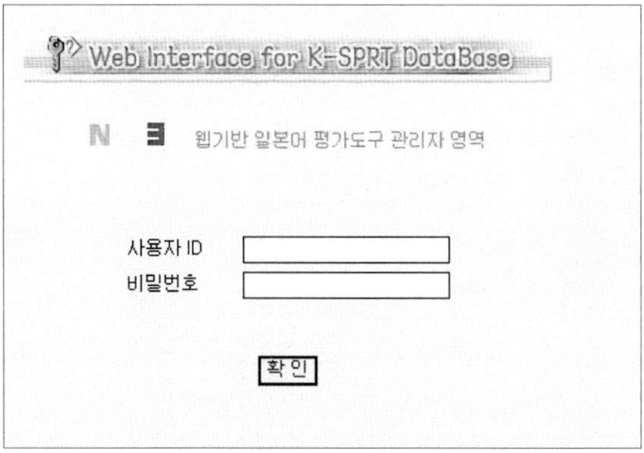

〈그림 4〉 관리자 인증

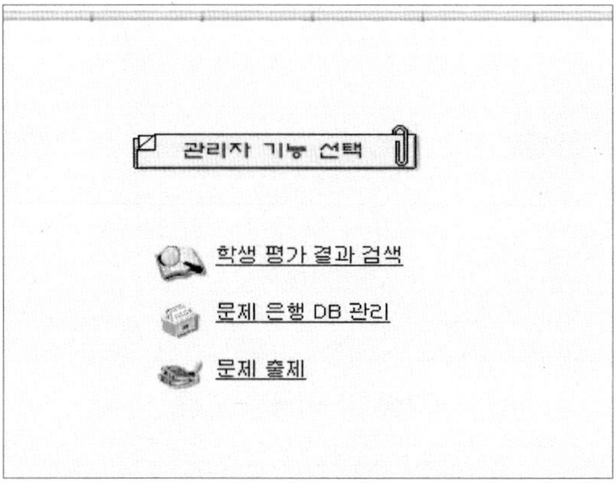

〈그림 5〉 관리자 메뉴

<그림 6>은 자동화된 문제 입력 과정을 잘 보여주고 있다. 문제와 정답 선택지, 그리고 멀티미디어 구성 요소들(음성 및 그림)이 비주얼한 한 화면 내에서 모두 입력되게 되고 그 결과는 자동으로 데이터베이스에 기록되며, 동시에 멀티미디어 구성요소들은 서버로 전송된다. 이러한 비주얼하고 자동화된 멀티미디어 문항 입력 인터페이스는 이 시스템을 잘 모르는 초보 교사들도 쉽게 문항을 입력할 수 있도록 하였다.

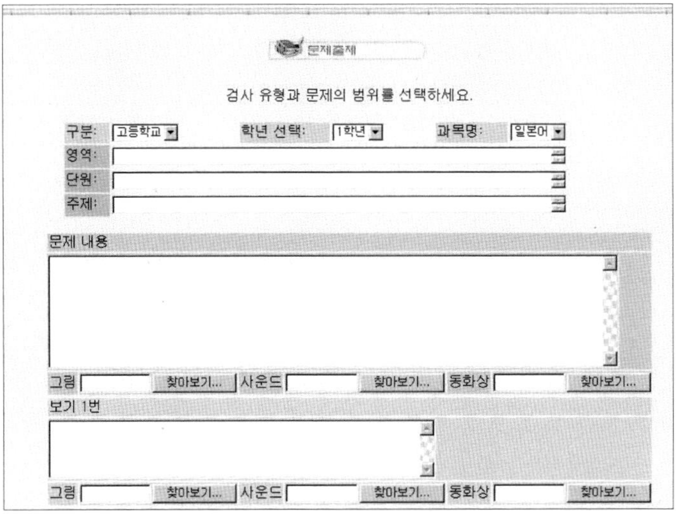

〈그림 6〉 멀티미디어 문항 입력

<그림 6>과 같은 자동화된 문항입력기는 입력 형태에 따라 자동으로
문항형태를 파악하고 적절한 형태로 문항정보 및 멀티미디어 구성 데
이터들을 서버로 업-로드시켜 데이터베이스에 기록해주게 된다. 이 경
우 교사들은 문항 유형에 대한 정보를 몰라도 문항제작 작업을 원활히
할 수 있게 되었다.

3. 문제풀기와 결과 관리

① 문제 제시 형태의 예

학생이 문제풀이를 선택하면 <그림 7>과 같이 문제풀이의 유형을 선택
하게 한다. 문제 유형을 선택하고 난 후 <그림 8>과 같이 문제 출제 범위
를 선택하면 문제들이 정해진 수만큼 출제되는데, 멀티미디어 구성요소들
의 형태에 따라 다양하게 출제된다. <그림 9>와 <그림 10>은 각각 <표 6>

에서 나타난 바와 같이 문제유형 10번과 13번의 형태로 출력된 모습이다.

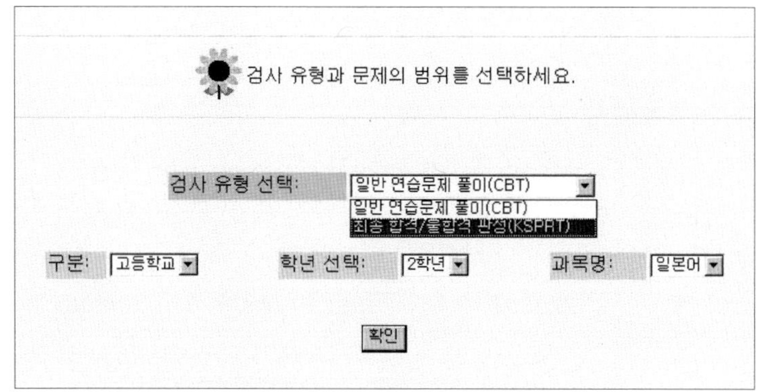

<그림 7> 문제 유형 선택

<그림 8> 문제 영역 선택

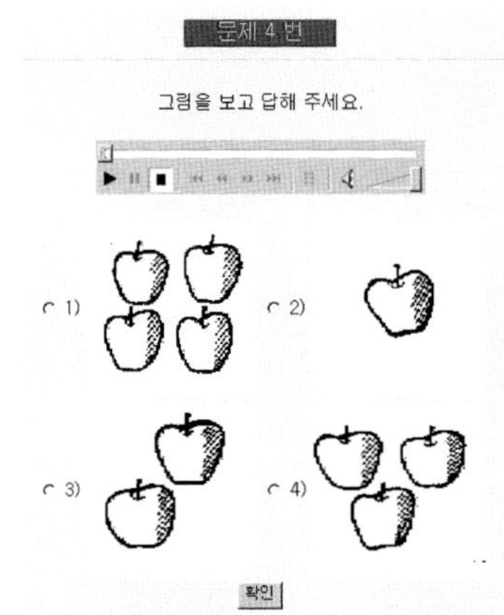

〈그림 9〉 문제 출력 예시 (문제 유형 13번)

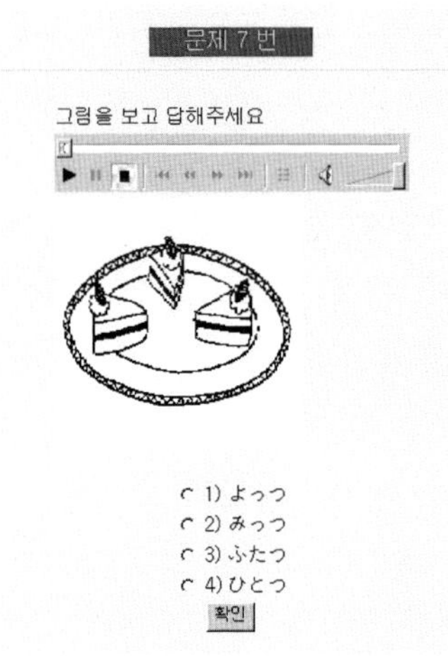

〈그림 10〉 문제 출력 예시(문제 유형 10번)

<그림 9>와 <그림 10>의 경우 멀티미디어적 요소들이 적절히 배합된 표준화된 문항 구조를 잘 보여 주는 것이라 볼 수 있다.

② 일반적인 연습문제 풀이 과정

<그림 7>에서 일반 연습문제 풀이 모드를 선택하면 정해진 수만큼의

문항들이 모두 학생들에게 제시된다. 그리고 그 결과는 <그림 11>과 같이 제시된다.

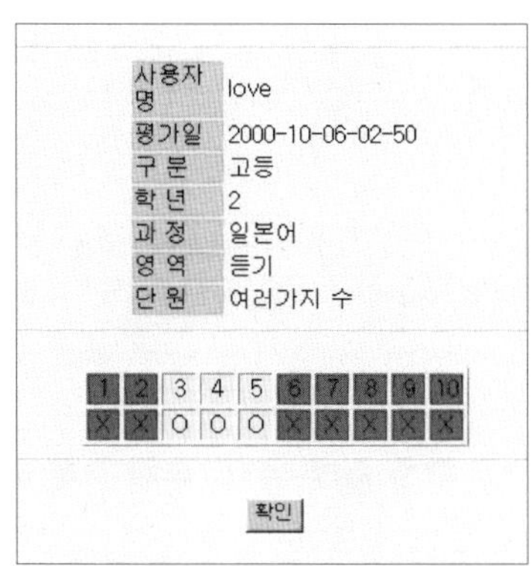

〈그림 11〉 문제풀이 결과 피드백(일반연습문제 풀이 모드)

② SPRT를 통한 종합 평가 과정

<그림 7>에서 최종 합격 / 불합격(K – SPRT) 모드를 선택하면 SPRT 판정 로직에 따라 문제 출제가 적응적으로 제어된다. 즉 어떤 학생은 불과 몇 문제를 풀다가 <그림 12>와 같이 불합격 통지를 받을 수도 있고 또 어떤 학생은 약 8문제 정도를 푼 후 <그림 13>과 같이 합격 통지를 받기도 한다. 합격이나 불합격 통지를 받는 순간 시험은 적응적으로 끝나게 되고 <그림 14>와 같이 그 결과가 제시된다.

〈그림 12〉   〈그림 13〉

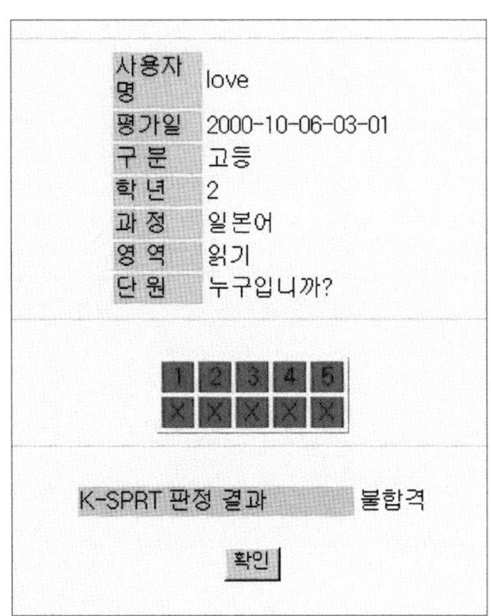

〈그림 14〉 문제풀이 결과 피드백
(최종판정 K-SPRT 모드)

③ 결과 관리

학생들이 문제를 푼 결과는 데이터베이스에 기록되고 관리교사는 그 결과를 WEB상에서 조회해 볼 수 있다. <그림 5>의 상태에서 학생평가결과검색 메뉴를 선택하면 <그림 15>와 같이 조회 조건을 입력하게 된다. 그리고 나면 선택된 학년/반의 평가결과 리스트가 <그림 16>과 같이 제시된다.

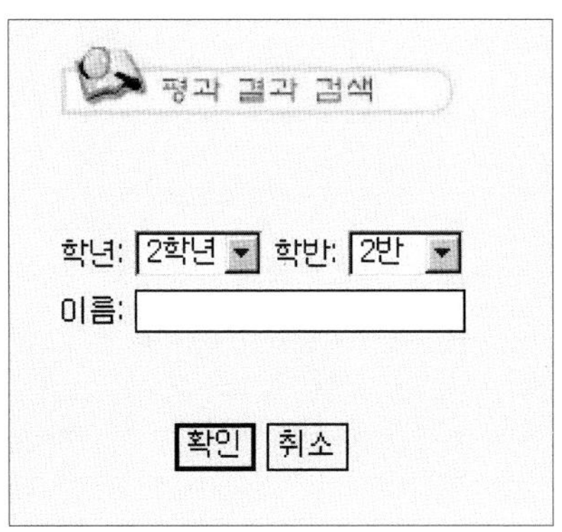

〈그림 15〉 평가결과 검색조건 입력

조건별 검색 결과

순	번호	이름	성별	ID	평가 횟수	평가 결과 보기
1	2201	구상우	M	아이디2개	57	결과 보기
2	2202	구준모	M	starlit4	40	결과 보기
3	2203	김명준	M	myoung2203	54	결과 보기
4	2203	김명준	M	맹주임돠~	1	결과 보기
5	2204	김수영	M	강원도의힘	57	결과 보기
6	2205	김용연	M	Yong617	56	결과 보기
7	2206	노병진	M	salladin84	49	결과 보기
8	2207	윤진목	M	에프킬라	54	결과 보기
9	2208	이상헌	M	black bear	48	결과 보기
10	2209	이정호	M	바이칼	75	결과 보기
11	2210	장용석	M	dolfari	38	결과 보기
12	2211	정지훈	M	wolfwind	59	결과 보기
13	2212	홍정민	M	터프한동백	39	결과 보기
14	2213	강나루	F	루루루2000	36	결과 보기

〈그림 16〉 반별 평가 결과 제시

　　<그림 16>의 상태에서 결과보기를 클릭하면 개인별 상세 평가 정보
가 <그림 17>과 같이 나타난다.

평과 결과

구상우 학생의 평가 결과입니다. (ID: 아이디2개)

순	평가일	평가기준학년	과목명	영역명	단원명	평가문제유형
1	2000-06-12 23:18:00	2	일본어	읽기	날씨는 어떨까요?	6
2	2000-06-12 23:20:00	2	일본어	읽기	타인과 주고받기	6,6,6,6,6,6

〈그림 17〉 개인별 평가 결과 제시

이러한 서비스는 연구 목적에서 제시된 교사들의 수행평가 업무 경감을 가능하게 한다. 즉 학생들이 평가를 종료하자마자 그 결과를 교사들이 아무런 추가의 시간적 노력 없이도 실시간으로 분석해 볼 수 있는 것이 가능하게 된 것이다.

C. 평가 시스템 현장 적용

1. 적용 대상

본 시스템의 현장 적용을 위한 연구 대상자는 부산에 소재한 J고등학교 2학년 3개 반 142명이었으며, 남학생 59명 여학생 73명이었다. 2개 반은 문과로 학생은 86명(남26, 여60)이었고 1개 반은 이과로 학생은 46명(남33, 여13)이었다.

전체 연구 대상자 132명 중 80명은 이미 컴퓨터 관련학습 소양증(컴퓨터 관련 수업 32시간 이상 이수자)을 가지고 있으며 그 외의 학생들도 대부분 윈도즈의 운용능력이 있는 학생으로 WEB상에서 컴퓨터 사용에는 큰 문제가 없는 상태였다.

2. 적용 기간 및 방법

2000년 5월부터 7월 사이에 수행평가 연간 계획에 의해 듣기와 읽기에 한해 수시로 실시하였는데 그 구체적 내용은 다음과 같다.

① 5월 20일부터 5월 31일까지를 등록기간으로 하여 학생들이 ID

및 비밀번호를 결정하고 등록하며 프로그램상의 오류를 수정하는
기간으로 하였다.

② 6월 1일부터 6월 10일까지 등록된 ID의 중복 확인 및 수정작업을
하면서 학생들의 평가 도구 사용법에 대한 오리엔테이션을 했다.

③ 6월 11일부터 7월 10일까지 한 달간 학생들이 자유롭게 평가 도
구에 접속하여 원하는 시간 원하는 장소에서 원하는 문제를 원하
는 만큼 풀 수 있도록 하였다. 그리고 이때 발생하는 평가 도구
상의 문제는 그때그때 수정하였으며, 학생들의 평가 도구 활용
정도에 대한 성실도를 수업시간 중에 피드백 함으로써 학생들을
격려하였다. 평가 문항에 접속한 횟수만으로는 한달 중 150회 이
상 접속한 학생들도 있었으며, 최소 30회 이상씩은 접속하여 꾸
준히 활용함으로 알 수 있었고, 유난히 접속이 부진하거나 접속
시간이 짧은 학생들에 대해서는 개별적 피드백을 주었다.

④ 최종적으로 7월 12일 오후 5시부터 1개 반씩 SPRT를 통해 그동
안 평가 도구 활용 결과에 대한 평가를 받았으며 3개 반 모든 학
생들에 대한 평가 소요 시간은 총 80분이었다. 이 가운데 학생들
의 지도 및 이동 등의 시간을 제외하면 1인당 그동안의 수행결과
에 대한 진단평가용 SPRT 접속 시간은 5, 6분 내외였다 할 것이
다. 물론 판정미정의 애매한 경우의 학생의 경우는 30여 분가량
문제를 푼 경우도 있었지만, 반대로 2, 3분 이내에 합격 및 불합
격 판정을 받는 학생들도 다수 있어 많은 학생들에 대한 SPRT
활용은 아주 효과적이었다.

⑤ 1학기 수행평가 확인 및 학생들의 개별 성적 열람까지 완전히 마
친 7월 20일 적용 대상 학생들에게 수행평가 시스템에 대한 설문
을 실시하였다. 총 문항은 6문항으로 수행평가 전반에 관한 학생
들의 태도에 관한 설문이었다. 이 설문을 바탕으로 평가 시스템
보완작업이 8월과 9월에 걸쳐 이루어졌다.

이상의 평가 시스템 적용 기간 및 방법을 표로 나타내면 다음과 같다.

<표 7> 평가 시스템 현장 적용 기간 및 방법

기 간	내 용
5.20～5.31	등록기간: 학생들이 ID 및 비밀번호를 결정하고 등록하며 프로그램상의 오류를 수정하는 기간
6.1～6.10	등록된 ID의 중복 확인 및 수정작업을 하면서 학생들의 평가 도구 사용법에 대한 오리엔테이션
6.11～7.10	자기주도적 학습량에 따른 평가
7.12	SPRT를 이용한 합불판정
7.20	평가 시스템에 대한 설문 조사

3. 적용 결과 분석

평가 프로그램 적용의 종료 후, 전체 학생들에게 설문 조사를 하였다. 그 결과 및 분석은 다음과 같다.

<설문1> WEB상에서의 수행평가 도구 사용 결과 당신의 결론은?

번호	선택지 내용	응답비율	응답 이유
①	매우만족한다	2%	• 새로운 시도 • 재미있고 도움이 많이 되었다
②	만족한다	15%	• 공부한 만큼의 결과를 얻을 수 있다 • 계속하니까 편하고 쉬워졌다 • 원하는 시간 원하는 장소에서 성실하게 임할 수 있다
③	보통이다	43%	• 인터넷 속도 및 환경이 따라준다면 좋겠다 • 자주자주 해야 하기에 시간상 번거로움이 있다 • 듣기는 무작정 답을 외우는 경우가 많다
④	불만이다	26%	• 접속 기회와 환경의 부족 • 대리 시험 가능성에 대한 불만
⑤	매우 불만이다	14 %	• 동료 학생들의 부정적 수행과정 • 전산실 활용의 어려움

43%의 약 반수의 학생이 보통이다, 26%의 학생이 불만이다, 15%의 학생이 만족이다라는 숫자적 통계만으로는 학생들의 다수가 새로운 WEB상에서의 평가 도구 사용 결과에 대해 그저 그렇거나 만족하지 못하고 있는 것으로 나왔다.

<설문1>의 각 항목에 대한 학생들의 응답 이유를 분석해 보면 종합적으로 학생들이 WEB상에서의 수행평가 도구 사용 결과 그저 그런 절대적 이유는 인터넷 속도 및 환경의 문제였고, 불만인 이유는 컴퓨터상의 문제를 학생들이 복사하거나 하여 문제를 어떻게 풀 것인가 보다는 답을 암기하는 등의 교사 부재중의 WEB상에서 활동의 문제점 등을 원인으로 지적하고 있다.

이는 사실상 수행평가 도구 그 자체에 대한 문제점에 의한 불만이라기보다는 인프라 구축이라는 외부적 환경 요인과 학생들의 평가에 대한 도덕성에 관한 문제로 차후 보다 발전적일 수 있도록 학생 스스로의 동의와 자정 노력이 필요한 부분인 것으로 생각된다.

아울러 학습자의 자기 주도적 학습관에 대한 패러다임의 부재를 들 수 있다. 즉 지금까지의 교육은 주로 '학습의 소비자적'인 입장에서 이루어졌기 때문에 학습자들이 수동적으로 주어진 학습 내용을 소화하는 데 중점을 두었다.(김영환, 1999) 그러나 대부분의 컴퓨터 관련 시스템은 학습자의 자기 주도적 학습을 우선으로 생각하고 있다. 때문에 학습자들은 이제 수업이 주어지는 것이 아니라 자신이 능동적으로 스스로 참여하고 노력해나가야 한다는 학습관의 변화가 필요하다.

〈설문2〉 타 수행평가법에 비해 WEB상에서의 수행평가가 가지는 장점은?

번호	선택지 내용	응답비율
①	원하는 시간 원하는 장소에서 원하는 만큼 할 수 있다.	38%
②	친구들과 함께 의논하며 할 수 있다.	20%
③	자신의 결과가 기록됨으로 비교적 성실하게 임할 수 있다.	12%
④	새로운 방법으로 흥미롭다.	25%
⑤	기타(직접 적어주세요)	5%

다수의 학생들이 원하는 시간 원하는 장소에서 원하는 만큼이라는 매력에 표를 했으며, 이는 역시 WEB이 가지는 절대적 장점이 그대로 나타난 결과라 할 것이다. 그리고 기타 의견으로는 혼자서 충분히 연습할 수 있어 평가에 대한 긴장감 완화, 문제를 풀고 답 확인하는 과정 등이 다른 수행평가보다 재미있었다 등이었다.

〈설문3〉 WEB상에서의 수행평가가 가지는 문제점은?

번호	선택지 내용	응답비율
①	타인이 대로 수행을 해도 모른다.	15%
②	문제를 프린트해서 답만 암기해버린다.	36%
③	인터넷 환경의 부족으로 접속이 어렵다.	35%
④	속도가 느려 문제를 풀기 지루하다.	13%
⑤	기타(직접 적어주세요)	1%

기타 의견으로는 WEB속도 등의 문제와 아는 것에만 치중하고 무조건 클릭해서 틀리든 맞든지 관계없이 형식적으로 해버리든지, 아니면 타인의 힘에 의존한다 등이 있다였는데, 이는 평가 도구 사용 결과에 대한 질문에서와 유사한 답으로 수행평가 결과가 점수화되는 현실 속에서 야기되는 문제는 교사가 미처 생각지 못한 여러 부분에 산재해 있는 것을 알 수 있었다. 그리고 WEB 환경 및 속도 등의 문제도 마찬가지였다.

〈설문4〉 WEB상에서의 수행평가가 보다 원활히 이루어지기 위해서 가장 필요한 것은?

번호	선택지 내용	응답비율
①	학생 스스로의 성실한 마음가짐	11%
②	인터넷 속도 및 환경 구축	36%
③	틀린 문제에 대한 피드백 제공에 따른 흥미 유발	40%
④	수행평가 홈페이지의 세련된 디자인	8%
⑤	기타(직접 적어주세요)	4%

이번 연구에서는 피드백을 줄 수 있도록 데이터베이스는 구축했지만 직접적 제시는 제외하였는데 역시 학생들은 피드백 제공에 따른 흥미 유발을 절대적으로 요구했다. 즉 어쩌면 교사들보다 컴퓨터 관련 환경에 더 익숙하다 할 수 있는 지금의 학습자들은 단순히 짜인 틀 속에서의 정·오답 등에 의한 형식적 피드백보다는 마치 인간 교사와 함께 개별 수업을 하는 것처럼 보다 지능적인 피드백을 원하고 있는 것은 너무나 당연할 것이다. 이는 차후 피드백 관련 연구와 함께 계속적으로 연구되어야 할 부분이다. 그 밖의 사항으로 문제의 난이도 조절, 기초적인 사항을 공부할 수 있는 코너나 사전 및 구체적 피드백 등과 쉽고 재미있는 내용으로 등이 있었다.

〈설문5〉 최종적으로 SPRT를 통한 합격 불합격 처리 결과는 신뢰할 만했는가?

번호	선택지 내용	응답비율	응답 이유
①	매우만족한다	0%	• 자기가 한 만큼의 결과가 나오기 때문 • 객관적이고 컴퓨터가 평가했으므로 정확할 것
②	만족한다	36%	• 많이 푼 사람과 적게 푼 사람이 정확히 구분 • 합격점이 있어 자동 처리됨으로 신기해서
③	보통이다	40%	• 잘 아는 문제가 요행이 많이 나오면 좋고 그렇지 않으면 운이 나쁠 경우도 있어서 • 합격선이 불만이다 • 실수가 안 통한다 • 학생들이 답만 외운다는 불평
④	불만이다	18%	• 운에 따라 좌우되는 듯하다 • 판정 미정인 경우는 너무 많은 문제를 풀어야 한다
⑤	매우 불만이다	5 %	• 연속해서 몇 문제를 틀리면 불합격이 되어 버려 더 이상의 기회가 없다 • 답만 외워 치는 학생들에 대한 불만

다수의 학생들이 만족스럽게 생각하는 것으로 나타났으며, 이는 SPRT 실시 당일의 상황으로도 충분히 짐작되는 결과였다. 학생들은 일반 평가 도구를 이용해 자신이 푼 문제에 대해 맞든지 틀리든지에 상관없이 꾸준히 열심히 풀어왔다.

그리고 그 문제에 대한 성실도를 평가 횟수 및 평가 시간으로 일반 수행평가에 반영하고 최종적으로 그동안의 수행결과에 대한 진단으로 SPRT를 통한 결과를 도출했는데 이때 성실한 학생들은 85% 합격선[6]에 금방 도달하여 합격하였다는 메시지를 받을 수 있었고, 그렇지 못한 학생들은 금새 불합격 판정 혹은 엄청난 수의 문제를 푼 후 판정미정의 결과가 나왔다.

<설문6> 마지막으로 WEB상에서의 수행평가가 보다 신뢰할 수 있도록 하기 위해서 꼭 필요한 것이 있다면 직접 적어주세요.

종합적으로 인터넷의 보편화, 피드백 제공 문제뿐만 아니라 다른 일반적 관련 공부도 함께, 문제가 보다 다양하길, 매일 매일 다른 문제, 학생 스스로의 평가에 대한 공정한 마음가짐 및 성실성, 다른 사람이 대신하는 것을 막는 방법, 개개인 말고도 협동적으로 할 수 있도록 했으면 등의 의견이 있었는데 중복되는 이야기이겠지만 접속 속도가 빠른 인프라 구축과 학생 스스로의 성실한 평가에 대한 마음가짐이 선행된다면 WEB상에서의 수행평가 도구는 충분히 매력적이다.

요컨대, 이상의 설문 결과를 바탕으로 8월과 9월에 걸쳐 문항 선택지를 랜덤하게 함으로 학습자들이 단순 암기하여 답할 수 있는 확률을 줄였으며, 웹 마스터의 도움으로 평가 시스템의 인터페이스를 일본어와 관련지어 꾸밈 작업을 함으로 학습자들이 보다 쾌적한 환경에서 평가에 임할 수 있도록 하였다.

---

6) 담당 교사의 직관적 판단에 따른 기준으로 차후 합격선에 관한 이론적 근거에 대한 연구가 계속되어야 할 것이다.

IV. 결과 및 제언

본 연구는 WEB이 가지는 특성을 충분히 활용하여 학교 현장에서의 일본어과 수행평가와 관련된 문제점들을 개선하기 위한 목적으로 수행되었다. 이를 위하여 우선 수행평가 시스템을 데이터베이스화하여 WEB상에서 구현되도록 하였다. 그리고 나서 실제로 학생들에게 적용해본 후 구현된 수행평가 시스템에 대한 학생들의 태도를 분석하였다. 그 결과 다음과 같은 연구 결과를 얻게 되었다.

A. 시스템 개발과 관련하여

① 일본어 수행평가 시스템을 위한 기초적 데이터베이스 표준을 제시하였다. 향후 이 연구의 결과를 계기로 더욱 발전된 외국어과 수행평가 관련 데이터베이스 표준들이 개발될 것으로 기대된다.

② 기존 지필식 평가 문항이 가지는 한계를 극복하고 실제적 과제에 근접하는 멀티미디어 문항 제작의 표준을 제공하였다.

③ 평가 시스템에 대한 신뢰도를 바탕으로 한 일본어과 수행평가가 실시됨으로써 학생들의 학업 성취 수준에 대한 구체적이고 변별력 있는 질적 정보를 수집할 수 있었다.

④ WEB 기반 수행평가의 특성상 교사들은 좀더 수업시간을 연장할
수 있었다. 수업시간이 부족한 일본어 수업시간을 최대한 유익하
게 내용 이해에 할애하고 수행평가는 수업시간 이후 학교 컴퓨터
실 또는 가정에서도 실시가 가능하게 되었다.

⑤ 수행평가 실시에 따른 교사들의 업무를 상당히 경감시킬 수 있었
다. 교사들은 문제 출제를 완료하는 것으로 나머지 평가 관련 작
업으로부터 해방될 수 있었으며 언제든지 실시간으로 학생들의
수행평가 결과를 조회해 볼 수 있게 되었다.

B. 시스템의 적용 결과 학생들의 태도와 관련하여

① 원하는 시간 원하는 장소에서 원하는 만큼 교사의 감독 없이 편
안한 마음으로 임할 수 있어 학습자들은 새로운 평가 도구에 대
해 긍정적 관심을 나타내고 있으며, 컴퓨터로 행해진다는 사실에
서 평가 도구에 대한 신뢰도가 높음을 알 수 있었다.

② 학생들은 동료들의 부정적인 수행과정이나 전산실 활용의 어려움
그리고 인터넷 속도 문제 등으로 불만을 표시하였다.

③ 학생들은 SPRT를 통한 CAT 평가 시스템의 합격 · 불합격 판정에
대해 비교적 만족을 보였다.

이상의 연구 결과를 바탕으로 다음과 같이 제언한다.

① 수행평가 도구는 현장의 외국어 교육에서 수행평가 정착과 함께
기존의 교수 · 학습 방법의 개선을 촉진시킬 것이며, 그에 따른

보다 새로운 시각의 교수·학습 방법으로의 전환을 기대하며 이에 대한 많은 연구가 뒤따라야 할 것으로 믿는다.

② 본 연구의 결과 개발된 WEB 기반 수행평가 시스템은 교사 부재 속에 학생들이 자기주도적 평가하게 되므로 평가의 투명성을 확보하기 어렵다는 문제점이 있다. 이 문제점은 학생들의 정의적 부분으로 다른 어떤 외부적 노력으로도 완전히 해결하기 힘든 부분이라 할 것이다. 결국 이 부분은 정보화 시대의 건전한 마인드 확립이라는 측면과 관련하여 교사와 학생들 스스로의 자정 노력이 필요하다고 보인다.

③ 원하는 시간 원하는 장소에서 원하는 만큼 교사의 감독 없이 편안한 마음으로 임할 수 있어 학습자들은 새로운 평가 도구에 대해 긍정적 관심을 나타내고 있으며, 컴퓨터로 행해진다는 사실에서 평가 도구에 대한 신뢰도가 높음을 알 수 있었다.

④ 이후 학습 상황에 대한 보다 구체적 피드백이 제공될 수 있도록 설계되어 단순히 평가만을 위한 도구가 아니라 학습과 연계한 평가 도구가 될 수 있도록 연구되어야 할 것이다.

⑤ 학습 결과에 대한 합격, 불합격선에 관한 이론적 근거에 대한 연구가 되어야 할 것이다.

⑥ 일본어 교과 이외 외국어 교과 영역에서의 평가 프로그램의 개발 및 활용이 기대된다.

⑦ 본 시스템의 구현을 위해서는 인터넷 전용선의 속도나 외부 인프라 문제 등 많은 걸림돌이 산재하고 있다. 따라서 이러한 문제들을 빠른 시간 내에 극복할 수 있는 방안들이 모색되어야 할 것이다.

참고문헌

교육부(1997). **고등학교 교육과정(Ⅰ)**. 서울: 대한교과서.

교육부(1997). **외국어과 교육과정(Ⅰ)(Ⅱ)**. 서울: 대한교과서.

김영환(1994). 컴퓨터에 의한 적응적 평가 프로그램의 교육적 활용. **전국학교컴퓨터교육연구회 소식지**. 제14호.

김영환(1997). 컴퓨터를 활용한 개별적 평가 시스템과 그 활용 방안. **부산대학교 멀티미디어교육원 개원 기념 학술 세미나 자료집**. 부산: 부산대학교.

김영환·손미(1997). 컴퓨터를 활용한 적응적 개별학습 성취도 검사의 제작과 활용을 위한 표준화 지침 개발 및 효과 연구. **교육방송연구**. 서울: 한국교육방송연구회.

김영환·정희태(2000). 멀티미디어를 활용한 적응적 학습능력평가형 저작도구 개발 연구-웹기반 SPRT 모형을 중심으로. **스쿨넷 발표자료집**. 한국정보통신진흥협회.

김호권(1988). 교육평가기능의 변화와 문제은행의 운영. **교육평가 세미나 보고서**. 중앙교육평가원. 제5집.

남명호(1996). 수행평가 방법의 활용과 발전과제. **교육월보**. 4월호.

백순근(1989). 교육 및 심리검사에서 컴퓨터의 활용. **교육이론4(1)5**. 서울대학교.

백순근(1997). 수행평가의 이론적 기초. **한국교육평가연구회 학술세미나 논문 발표집**.

백순근(1998), **수행평가의 이론과 실제**. 서울: 원미사.

백순근 외(1999), 총론. **국가 교육과정에 근거한 평가 기준 및 도구 개발 연구**. 한국교육과정평가원.

백순근·채선희(1998). **컴퓨터를 이용한 개별 적응 검사**. 서울: 원미사.

성태제 편역(1991). **문항 반응 이론 입문(F. B.Baker)**. 서울: 양서원.

성태제(1992). 컴퓨터 이용 검사와 컴퓨터 능력 적응검사. **교육평가연구5(1)**.

이소영 외(1999). 고등학교 공통 영어. **국가 교육과정에 근거한 평가 기준**

및 도구개발 연구. 한국교육과정평가원.

이명희 · 정희영(1998) 수행평가의 이해 및 일본어 수업에 있어서의 실제. **한국교과 교육학회**. 한국교과교육학회.

이명희 · 정희영(1999) 일본어과 수행평가를 위한 평가 기준 제안. **동아시아일본어교육 · 일본문화연구학회**. 동아시아일본어교육 · 일본문화연구학회.

이정숙 · 류은경(2000) 현장에서 본 일본어과 수행평가 실시에 따른 문제점 및 개선안. **신라대학교 교육과학연구소 논문집**.

이종성 역(1990). **문항반응이론과 응용(F.M.Lord)**. 서울: 대광문화사.

정범모(1955). **교육평가의 원리**. 서울: 풍국학원 출판부.

채선희(1995). 컴퓨터화된 개별 적응 검사와 지필식 검사에 있어서 문항 모수치의 동등성 검증. **교육평가연구8(2)**.

최미숙 외(1999). 고등학교 국어. **국가 교육과정에 근거한 평가 기준 및 도구 개발 연구**. 한국교육과정평가원.

최진황 외3(1990). 외국어과 교육의 역할 및 평가 방향 탐색. **교육의 본질 추구를 위한 외국어 교육평가 체제 연구(Ⅰ)**. 한국교육개발원.

최진황 외2(1991). 독일어 · 프랑스어과 평가 모형 및 예시 도구 개발. **교육의 본질 추구를 위한 외국어 교육평가 체제 연구(Ⅰ)**. 한국교육개발원.

최진황 외1(1991). 영어과 평가 모형 및 예시 도구 개발. **교육의 본질 추구를 위한 외국어 교육평가 체제 연구(Ⅱ)**. 한국교육개발원.

한국교육평가학회(1995). **교육 측정 · 평가 · 연구 · 통계 용어사전**. 서울: 중앙교육진흥 연구소.

McBride, J. R.(1985) Computerized adaptive testing, *Educational Leadership*, 43(2), 25 – 28.

American Psychological Association.(1986). *Guidelines for computer – based tests and interpretations*. Washington D.C.: Author.

Wise, S. L., et al.(1989). Providing item feedback in computer – based tests: effects of initial success and failure. *Educational and Psychological Measurement 49,* 479 – 486.

Baek, S. G.(1993). Computerized adaptive attitude testing using the partial creditmodel. *Doctoral dissertation,* University of California at Berkeley.

Bunderson, C. V., Inouye, D. K., & Olsen, J. B.(1989). The four genrations of computerized educational measurement. *In Educational Measurement,* edited by R. L. Linn. New York: American Council in Education and Macmillan.

Koch, W. R., Dodd, B. G., & Fitzpatrick, S. J.(1990). Computerized adaptive easurements of attitueds. *Measuremtnt and Evaluation on Counseling and Development 23(1),* 23−30.

O'Malley J. M. & Pierce L. V.(1996). *Authentic assessment for English language learners.* U.S.A.: Addison−Wesley Publishing Company.

Torre Sanchez, R.(1991) *The development and evaluation of a system for computerized adaptive testing.* Unpublished doctoral dissertation. University of Iowa.

Wainer, H.(1990). Important issues in CAT. *In Computerized adaptive testing: a primer,* Edited by H. Wainer, Hillsdale, N.J.: Lawrence Erlbaum.

제 4 장

일본어 가상 교육을 위한 운영의 실제 및 제안

I. 서 론

　정보·자료의 디지털화는 교육에 있어서 교사의 역할은 물론 교수-학습 방법 등에 많은 변화를 가져왔으며, 이 변화의 물결은 계속적인 첨단 기술의 발전과 함께 더욱 가속화될 것이다.

　특히 열린 평생교육사회, 정보화 사회, 첨단 정보통신공학 사회에서 고등교육의 접근 가능성 향상과 질적 수월성 보장을 위한 대안적인 교육체제로 인식되고 있는 가상 교육체제는 이제 거스를 수 없는 도도한 물결로 교육현장에 다가오고 있다 할 것이다.(박성익 외, 1998)

　가상 교육은 전통적인 교실수업과는 달리 학습자가 원하는 시간과 장소에서 필요로 하는 교육을 받을 수 있다는 점이 가장 큰 매력이며, 또 잘 프로그램화된 자료를 자기 주도적으로 학습할 수 있는 환경을 제공한다는 점에서 1인 교사와 다수의 학생이 함께 수업하던 교실 상황과는 질적으로 다르다 할 것이다. 좀더 구체적으로 말하자면 매체를 통해 학습자는 다양한 상호작용 기회를 가질 수 있으며, 이는 교육에의 참여 기회를 학교 안에서 학교 밖으로까지 확대해 준다 할 것이다.

　하지만 이렇게 첨단 기술이 가져다준 이상적 교수-학습방법으로 세상의 주목을 받고 있는 가상 교육은 단순히 그 첨단 기술적 발전으로 모든 것이 해결되는 것은 물론 아니다. 예를 들면, 아무리 많은 사람들이 먹어도 줄지 않는 신기한 그릇이 첨단 기술에 의해 만들어졌다고 하자. 하지만 그릇만 있다고 해서 모든 사람들이 배불리 먹을 수는 없는 것이다. 일단은 그 그릇 속에 영양 많은 양질의 음식을 담았을 때

그 그릇의 신기함이 발휘될 수 있는 것이다. 즉 아무리 먹어도 탈이 나지 않으며, 모든 사람들을 고루 살찌게 할 음식이 개발되어야 하는 것이다. 그리고 그것을 모든 사람들이 어떤 방법으로 어떻게 먹을 때 효과적일지에 대한 운영 방안도 함께 의논되어야 하는 것이다.

바로 가상 교육의 성공적 실천을 위해서도 양질의 가상 교육 프로그램을 어떻게 개발해서 어떻게 잘 운영할 것인가 하는 문제가 남는 것이다. 첨단 기술이 가져다 준 선물을 이제 각 교과목의 교육 전문가들이 나서서 그것들을 보다 의미 있게 재가공 및 활용을 할 때인 것이다.

다시 말해, 프로그램에 담길 내용을 어떻게 효과적이고 효율적으로 조직할 것인가 하는 컨텐츠 개발의 문제와 자율적인 학습자들의 학습 참여 활동을 어떻게 증진시키고, 교사는 또 이러한 학습 과정을 모니터링 하면서 그 결과를 다시 어떻게 반영시킬 것이며, 이때 학생들의 학습활동에 대한 평가는 어떻게 할 것인가 등의 운영적 문제가 교과 전문가의 손에 의해서 반드시 고려되어야 하는 것이다.

이에 본 연구는 신라대학교에서 현재 실시하고 있는 가상 교육(1999학년도부터 실시)을 모델로 하여 특히 일본어 가상 교육(2000학년도부터 실시)을 운영의 실제를 중심으로 분석하고자 하며, 그 분석 결과에 따라 앞으로 어떻게 일본어 가상 교육이 개발되고 운영되어야 할지에 대한 제안을 그 목적으로 한다.

II. 본 론

A. 이론적 배경

전통적인 원격교육이 단방향적이고 텍스트, 비디오 / 오디오, 라디오, TV 등의 Low—tech 중심의 교수—학습이라면 가상 교육은 원격교육의 Low-tech를 충분히 활용하면서 기술적으로 쌍방향 실시간 커뮤니케이션, 멀티미디어 교수-학습 자료, Web 등의 High-tech 기능을 추가함으로써 학습자가 교육을 받기 위해 물리적, 시간적 제약 없이 학습 자원에 보다 쉽게 접근할 수 있는 교육체제를 말한다.

외국의 이러한 추세와 국내의 정보화의 흐름에 따라 1997년 교육부의 가상대학 설립 시행력으로 5개의 시범 운영 기관과 10개의 실험 운영 기관을 선정하여(신정철, 1998) 본격적인 가상 교육체제를 이끌고 있다. 더불어 가상대학에 관련한 각종 연구도 활발히 진행되고 있다.

그러나 최근 가상 교육에 관해 많은 우려와 기반 하드웨어와 기술적 인프라의 부족, 가상대학 시스템의 특수성을 고려한 교육과정이나 교수-학습 환경 구성의 어려움(정인성, 1998) 정책 결정과 집행과정상의 오류, 사회·문화적 저항과 오해,(김영환, 1998) 대학교육의 파행가능성, 교수 신분의 불안정, 새로운 교육제도에 대한 인식부족,(곽덕훈, 1998) 교육의 질(이재무, 1998) 교육평가의 어려움, 학생들의 만족도(이채연, 1998) 등이 지적되고 있다. 이러한 문제점들은 근본적으로 가상대학에 대한 체제적인 접근이 부족했으며, 가상대학이 가질 수 있는 여러 가지 잠재적 문제들을 고려하지 않은즉, 윤리적, 법적, 교육적, 사회적, 정치적 그리고 경제적 문제 등에 대한 이해의 부족(Moore & Kearsely, 1996) 그리고 성급한 정책추진과 개발 등 새로운 교육 혁신으로서 가상 대학의 확산에 대한 고려 부족 등으로 정리된다. Willis(1998)는 역시 가상 교육이 현행 교육의 모든 문제를 해결할 수 없기에 가상 교육은 관리가 가능한 현실적인 수준에서 작게 시작해야 한다고 지적한 바 있다.

최근에 국내 가상 대학을 보면 가상 대학의 구성요소와 운영에 대한 체제적인 분석이 제대로 이루어지지 않음으로 인해 교수－학습은 적절하게 제동되지 못하고 지나친 기술적 전략만 강조하다가,(김영환 1998) 결국은 많은 문제를 일으키면서 실패의 가능성이 높아지고 있다. 즉 발달된 기술에만 의존하고 그 기술을 활용할 내용 및 운용 방법의 개발을 전혀 고려하고 있지 않은 것이다.

Morgan(1991)은 가상 수업 학습자가 자신의 학습에 대한 확신이 없다면 피상적인 학습을 하게 되며 그러한 피상적인 학습은, 단지 눈에 보이는 문자 같은 사인에만 관심을 갖는다. 통합적이 아닌 분리된 요소들에만 관심을 가진다. 정보와 절차 등을 시험을 위해서만 기억한다. 개념과 사실들을 깊은 사고 없이 관련시킨다. 새로운 정보와 오래된 정보, 원리와 증거 간의 구별에 실패한다. 숙제를 교사에 의해 부과된 과제로 여긴다. 실제 생활의 적용과는 괴리된 과제와 시험이 중심이 된다고 지적하였다.(김영환 외, 1999)

이러한 사실들을 바탕으로 Brundage, Keane 그리고 Mackneson(1993)은 가상 수업 학습자들의 특징을 고려하여 효율적인 가상 수업이 이루어지기 위해서 학습자들은 자신에 대해 책임감을 유지해야 하고, 자신의 장단점을 인식하고 있어야 한다고 했으며, 이를 위해 교사는 지속적이고 적절한 피드백을 제공해야 하며 학습자의 자긍심을 유지시킬 수 있도록 해야 한다고 했다.

이에 본 연구에서는 2000학년도 1학기부터 실시되고 있는 신라대학교 일본어 가상 교육을 모델로 1학기 가상 교육 결과 분석을 바탕으로 보다 발전적인 일본어 가상 교육을 위한 운영의 실제 및 그에 따른 제안을 그 목적으로 하고 있다.

B. 2000학년도 1학기 일본어 가상 교육 프로그램 소개

① 가상 프로그램 소개

신라대학교 홈페이지 접속 → 가상 대학 클릭 → ID와 비밀번호 입력

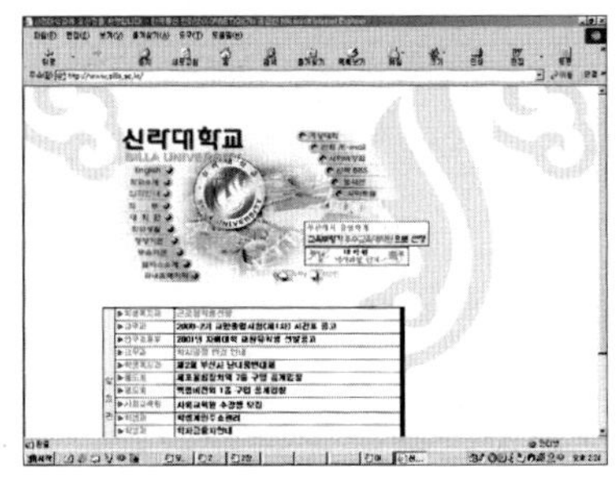

→ 가상 강의실 클릭 → 과목 선택(인터넷으로 배우는 신 일본어) → 학습

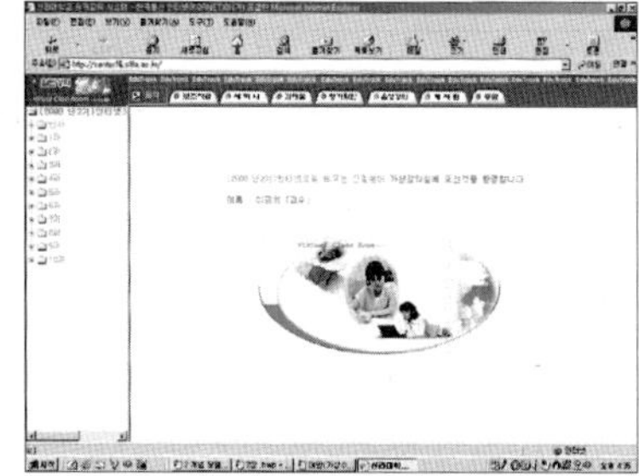

→ 4과 학습 예(본문, 단어, 발음, 문법 하이퍼링크)

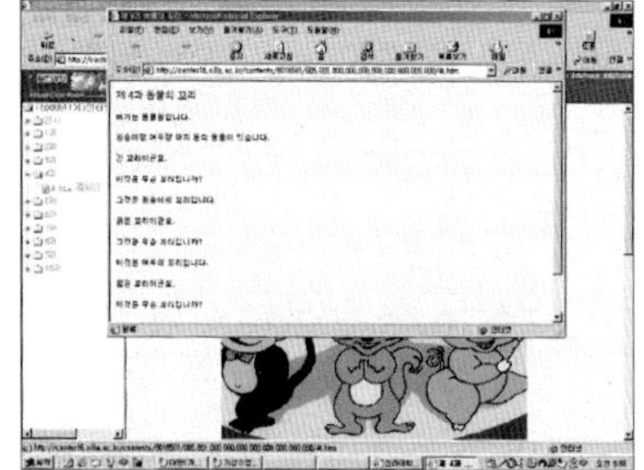

→ 2학기 추가 기능(VRM) → 일기 쓰기 등을 통한 학습 자기 진단

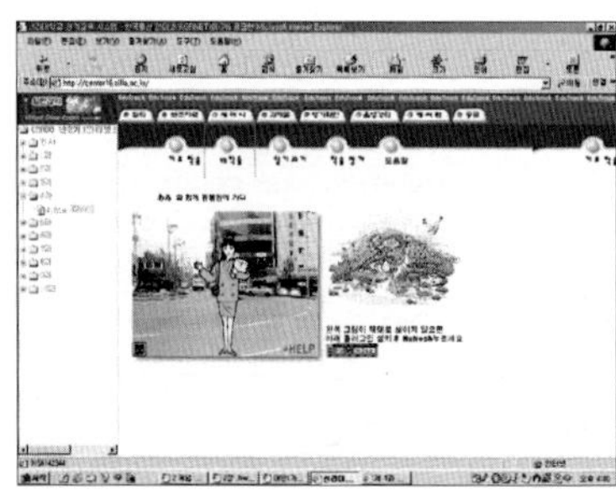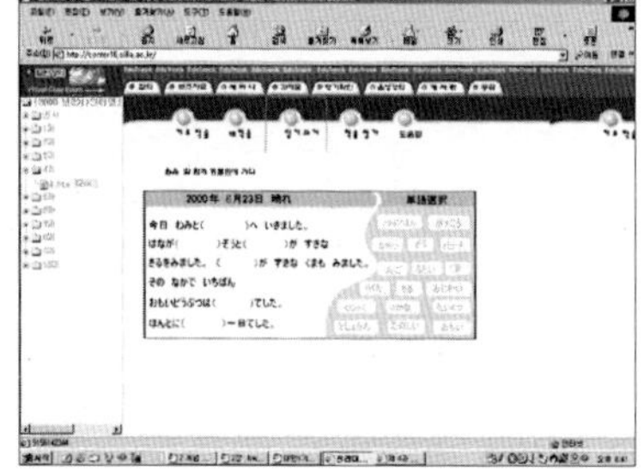

② 가상 프로그램 구성

질의

보조자료물

과제물

게시판

퀴즈

C. 2000학년도 1학기 일본어 가상 교육 실태 분석

1. 학습자 기초 학력 및 특성 분석

2000년 3월 1학기의 수강 학생들(101명) 중 첫 출석 강의 시간에 참석한 62명을 대상으로 학습자 기초 학력 및 특성 분석을 실시하였다. 그 결과는 다음과 같다.

〈표 1〉 기초학력 분석 결과

내 용	결 과
성 별	남 - 11명 여 - 51명
계 열	인문 - 41 자연 - 21
일본어 학습유무 학습내역	예 - 38 아니요 - 24 고등학교에서 제2외국어로 - 23명 학원에서 - 14명 기타 - 11명

고등학교에서 제2외국어로 1년 또는 2년 학습한 경우를 제외하면 대부분 3개월 미만의 학습 기간인 것으로 나타났다. 이는 사전 학습 경험의 유무와 상관없이 전체 학생들의 일본어 능력이 매우 낮을 것으로 예상되었다

그러나 일본어 학습 경험이 있다고 답한 38명의 학생에 한해서 자신이 생각하는 자신의 일본어 능력에 대한 자기 평가에 대한 질문의 결과는 다음과 같았다.

〈표 2〉 일본어 능력에 대한 자기 평가

①	일본어 문자인 히라가나 카타카나 정도는 읽고 쓸 수 있다.	27%
②	です와 ます 차이를 안다.	22%
③	동사를 공손형으로 바꿀 수 있다.	32%
④	동사 음편을 이해하고 있다.	19%

즉 대부분의 학생들은 일본어 문자는 기본이며, です, ます에 차이를 비롯해 동사활용 분까지 이해하고 있다고 답하였다.

그러나 <표 3>의 사전 검사의 결과를 보면 설문 당시 학생들의 학습 내역 및 기간의 짧음으로 예상했던바 학생들이 스스로 진단하고 있는 일본어 능력과 많은 차이가 있는 것으로 나타났다.

〈표 3〉 일본어 문자 및 발음에 관한 질문 결과

	정 답	오 답
탁음 구별	22%	78%
반탁음 구별	35%	65%
요음 구별	11%	89%
장음 구별	15%	85%
촉음 구별	21%	79%

이상의 결과에서 알 수 있듯이 학습 경험이 있는 학습자들은 자신이 ひらがな 정도는 확실히 알고 있다고 생각하고 있는 듯하였으나 사실상 그 기본이 되는 발음에 관한 구체적 차이조차 구별하지 못하는 것으로 봐서 일본 문자에 대한 정확한 학습이 되어 있지 않았다. 이는 일반적 초급 학습의 다음 단계인 문법 부분에서도 같은 결과일 것으로 예상된다. 물론 학습자들은 대학생이므로 학습에 대한 이해력이나 기학습에 대한 회상력이 기대됨으로 완전히 처음 일본어를 접하는 학생들보다는 이해 면에서 차이가 나겠지만 사실상 그 차이는 크지 않으며, 이는 가상 수업 학습자들의 출발점은 일본문자부터 시작해야 하는 것

으로 분석되었다.

위 설문 결과에 따라 본 연구자는 가상 수업 1, 2 교시를 출석수업으로 하여 일본어 문자에 대한 설명과 이해를 도왔고, 3차시부터는 신라대학 가상대학을 통한 원격 수업을 실시하였다. 중간고사와 기말고사 2번의 테스트가 있었고 테스트 전 1시간을 각각 출석수업으로 하여 학생들의 질문을 받고 그 문제점을 해결하는 시간으로 하였다. 중간고사 및 기말고사 결과 수강생 101명 중 시험에 응시하지 않은 17명과 두 고사 평균 60미만의 4명을 제외한 80명은 각각 A에서 D까지 정상 분포 곡선을 이루었다.

2. 학습자 학습 참여도 및 상호작용 증진 문제 분석(2차 분석)

1학기 기말고사 응시자 84명을 대상으로 가상 수업에 대한 학습자 참여도를 분석에 대한 설문을 하였다. 그 결과는 다음과 같다.

◎ 일본어 학습 경험이 있는 학생에게 기학습이,

①	상당히 도움이 된다.	24%
②	약간 도움이 된다.	28%
③	별로 도움이 안 된다.	36%
④	전혀 도움이 안 된다.	12%

이상에서 기학습이 도움되는 것으로 52%의 학생이 긍정적 반응으로 보이며 12%의 학생만이 그렇지 않다고 답했다. 이는 가상 수업을 위해서는 학습자들이 기본적인 문자 및 문법과 기초 어휘를 학습한 상황이 도움됨을 알 수 있었다.

◎ 일본어 학습 경험이 전혀 없었던 학생에게 가상 수업은,

①	문제없다.	7%
②	노력하면 따라갈 수 있다.	8%
③	보통이다.	22%
④	약간 어렵다.	33%
⑤	전혀 이해가 안 된다.	10%

42%의 학생이 어렵다는 부정적 반응을 15%의 학생이 긍정적 반응을 보였는데 이는 일본어 학습 경험이 전혀 없었던 학생이 1, 2시간의 문자 학습 후 모든 학습을 가상 강의실을 통해 자기주도적으로 진행함에 있어 많은 어려움을 가진 것으로 분석된다. 따라서 부정적 반응을 가진 학생들이 어떤 문제점을 지적하였는지는 이후 가상 수업의 설계 및 운영에 있어 고려되어야 할 중요한 부분으로 아래 설문을 통해 계속해 나가고자 한다.

◎ 교양 일본어 대신 가상 강의 일본어를 택한 이유는?

①	쉽게 일본어를 배울 수 있을 것 같아서	5%
②	시간적으로 교양일본어보다 유리할 것 같아서	30%
③	내가 원할 때 원하는 만큼 공부할 수 있어서	52%
④	그냥 호기심으로	6%
⑤	기타	7%

본 대학에서는 가상 강의와 똑같은 내용으로 일반 교양 강좌도 개설되어 있다. 물론 두 강좌 모두 학점이 인정되는 점에서는 같다 할 것이다. 학생들은 과반수 이상이 원하는 시간 원하는 만큼 공부할 수 있어서이며, 시간적으로 일반 교양 일본어보다 유리할 것 같아서라고 답하고 있다. 이러한 일반 교양강좌가 아닌 가상 수업을 택한 이유는 앞으로의 가상 수업의 유목적성과도 관련된 것으로 그 의의가 크다 할 것이다.

◎ 가상 강의를 들으면서 가장 좋았던 점은?

①	쉽게 일본어를 배울 수 있었던 점	6%
②	몇 번이고 원하는 만큼 자료를 다시 보고들을 수 있었던 점	28%
③	언제 어디서나 편리한 시간, 장소에서 공부할 수 있었던 점	60%
④	학습 태도에 대한 교수님의 간섭이 없었던 점	16%
⑤	기 타	0%

절대다수의 학생들이 원하는 곳, 원하는 시간, 원하는 만큼에 그 이유를 두고 있었다. 가상 수업의 최대의 장점이 잘 반영된 것이라 하겠다.

◎ 가상 강의를 들으면서 가장 부족했던 점은?

①	잘 이해가 되지 않는 부분에 대한 교수의 피드백을 바로 받을 수 없는 점	38%
②	간섭이 없으므로 집중하여 공부하지 못했던 점	25%
③	학교 외의 장소에서는 접속이 쉽지 않았던 점	20%
④	강의 내용의 단조로움	15%
⑤	기타	2%

잘 이해되지 않는 부분에 대한 피드백을 바로 받을 수 없는 점이 38%로 이는 교수와 학습자 간에 충분한 상호작용이 없었다는 이야기로 차후 가상 수업에서의 절대적으로 개선이 요구되는 부분이라 할 것이다. 뿐만 아니라 간섭이 없었기 때문에 오히려 집중하지 못했다는 점을 단점으로 든 학생도 25%로 역시 교사와의 상호작용과 관계된 부분이다. 기타 내용으로 상세한 설명이 없어 어려움이 많았다 등의 내용도 있었다. 이상의 결과는 사전에 아무리 잘 짜인 컨텐츠를 가지고 있다 해도 학습 진행 중에 학습자에 대한 학습 상황 및 학습 결과에 대한 교수의 피드백이 절대적으로 가상 수업에서는 중요함을 의미한다 할 것이다. 따라서 메일을 통한 상호 의사소통 및 게시판과 자료방을 통한 부단한 과정상의 노력이 필요하다. 즉 보이지 않는 교수자와의

관계를 보이는 교수자와의 관계 이상으로 친밀감을 느끼게 만들어야 한다는 이야기가 될 것이다. 물리적 거리감을 가상에서의 심리적 거리를 좁힘으로써 학습자들은 오래도록 흥미를 가지고 수업에 임할 수 있을 것이다. 이는 어쩌면 일반 교실 수업에 비교해 더 많은 시간이 요구된다 할 것이며, 첨단 테크놀로지의 발달로 교사와 학교가 사라질 것이 아니라 더 해야 할 역할이 많아진다는 이야기가 될 것이다.

◎ 가상 강의 일본어에서 일본어 외에 또 어떤 점에 대해 알고 싶은가?

①	노 래	20%
②	영 화	32%
③	문 화	29%
④	음 식	8%
⑤	기 타	1%

2000학년도 1학기 가상 수업의 목표는 일본어의 기초적 단계로 문자 및 기본 문법과 어휘 학습이었는데, 학습이 계속해서 같은 유형으로 점진적 난이도만 높아가는 지루함이 있었던 것 같아 질문해보았던 것으로 학습자들은 영화 및 문화, 노래 등에 대한 관심이 높았으며, 이는 초보 학습자를 위해서도 이러한 영역을 활용한 컨텐츠 개발이 효과적일 수 있음을 시사한다 하겠다.

◎ 가상 강의 일본어에서 꼭 배우고 싶은 것은?

일본 문화가 가장 많았으며 이 가운데서도 생활양식 및 동영상을 이용한 생활 모습, 기본 인사법, 영화, 노래 등이 있었고 다음으로는 일본 영화 및 애니메이션이었으며 일본인과 메일을 주고받으며 공부할 수 있기를 희망하는 학생 및 문법 및 속담, 여행자료, 혹은 사투리에 대해서 알고 싶어 하는 학생들도 있었다. 즉 학습자들은 보다 다양하고 활동적인 가상공간을 원하고 있는 것으로 나타났고 이를 위해 중급 이상의 외국어의 경우는 의사소통이 그 주요 목적이므로 단순한 하이퍼링크에 의한 웹 활동뿐만 아니라, VRM과 같은 가상공간 속에서의 시뮬레이션 기법 등의 도입도 고려되어야 할 것으로 판단되었다.

◎ 보다 실질적으로 가상 강의 일본어가 학생들에게 도움이 되기 위해 필요한 점이 있다면 무엇인가.

가상 강의실 내에 대화방 및 자료방을 적극적으로 활용하여 정기적 모임을 통한 확인 학습이 있었으면 하는 내용이 지배적이었으며, Quiz를 많이 내고 단계별 통과 현황(이름) 등을 제시함으로 학습 욕구를 고취시킨다든지, 많은 예제와 보다 구체적인 문법 설명 그리고 쉽게 접하기 어려운 영화나 음악을 다운받을 수 있도록 하는 방법 등이 제시되었다. 이 밖에도 인터넷 접속의 용의함과 과제물 제시 및 수준별 학습자에 대한 보다 적극적인 관심 표현 등이 있었다.

◎ 일본어 가상 강의가 개설된다면 계속 듣겠다 → 예

절대다수가 시간에 구애받지 않고 편안하게 할 수 있어서이며, 정보화 시대에 맞는 새로운 교수법이 마음에 들어서, 혹은 자발적 공부가 오래 기억에 남음으로, 새로운 문화를 접할 수 있는 기회이기 때문에, 일본어 자체가 유용한 언어이기 때문에 등이 있었다.

◎ 일본어 가상 강의가 개설된다면 계속 듣겠다 → 아니요

혼자서 공부해야 하는 거라 인내력 부족으로 꾸준한 공부가 되지 않았거나, 인터넷 접속상의 어려움 때문이라는 이유가 많았고, 전체적 내용이 단조로워 쉽게 흥미를 잃어버리게 하고, 기초가 전혀 없는 경우는 따라가기 어렵다는 이유도 있었다.

◎ 일본어 가상 강의가 개설된다면 계속 듣겠다 → 잘 모르겠다

장단점이 고루 있어 판단이 어렵다는 의견, 수업 자체는 수월한 편이지만 시험 기간이 아니면 공부하지 않는다는 점에서, 인터넷 접속이 어려움 등이 있었으며. 단조롭고 설명이 좀더 자상하게 부가된다면 다시 듣고 싶다는 의견을 덧붙인 경우도 있었다.

D. 효과적인 일본어과 가상 수업 운영을 위한 제언

1. 2000학년도 1학기 운영 결과 분석 및 제안

일본어 가상 수업 운영 결과 가상 수업에 있어 선수학습은 학습의 효과를 높일 수 있는 좋은 단서인 것으로 나타났다. 반면 선수학습이 없었던 학생들은 가상 수업에 어려움을 느끼기도 했는데, 이는 자기주도적 학습을 통해 새로운 지식을 습득하고 하위 지식이 있어야 상위 지식으로의 연계가 되는 교과의 특징과도 관련 있는 것으로 판단된다. 따라서 가상 수업의 지원자 선정 시 선수학습 상황에 대한 분명한 가이드라인이 제시되는 것이 이러한 문제 해결의 한 방법이 될 것이다.

다음으로 대부분의 학생들은 원하는 곳, 원하는 시간, 원하는 만큼이라는 이유로 가상 수업을 선택하거나, 그 결과 좋았던 점으로 지적했는데, 첨단 정보 테크놀로지 사회에서의 이러한 학습자 중심의 학습상황은 계속적으로 요구될 것이다. 따라서 그 충분한 동기 유발이 될 수 있는 가상 수업에 대한 철저한 연구와 준비가 절대적으로 필요하다 할 것이다.

세 번째, 가상 수업에서의 문제점은 교수와의 상호작용의 부족을 가장 큰 원인으로 들 수 있는데, 이는 사전에 아무리 잘 짜인 컨텐츠를

가지고 있다 해도 학습 진행 중에 학습자에 대한 학습 상황 및 학습 결과에 대한 교수의 피드백이 절대적으로 가상 수업에서는 중요함을 의미한다 할 것이다. 즉 가상 교육에서는 학습자들이 일반적으로 물리적으로 분리되어 있으므로 심리적으로 고립감이나 외로움 등을 느낄 수 있고 이런 물리적 고립화의 극복을 위해 교사는 더 많은 적극적이고 신속한 피드백을 주어 학습 의욕을 높일 수 있도록 해야 할 것이다. 따라서 가상 수업의 성공적 결과를 위한 노력으로 학습자에 대한 교사의 활발한 피드백을 위한 방법론에 대한 더 많은 현장 연구가 필요하다 할 것이다.

그리고 가상 수업 프로그램의 구성이 전체적으로 너무 단조로운 것도 학습 흥미를 떨어뜨리는 하나의 원인이 되었다고 할 수 있는데, 특히 중급 이상의 외국어 교육일 경우 의사소통 중심으로 실제 상황의 제연을 위한 VRM 학습 기법 등도 가미된다면 더욱 좋을 듯하다.

끝으로 일본어 가상 수업 학습자들은 기초 어휘 및 문법뿐만 아니라 영화, 문화 등 일본의 전반적 사정에 대해서도 궁금해했으며, 이에 대한 해결은 학습자들의 학습을 도울 수 있는 좋은 방법이 되리라 여긴다. 그리고 본인의 적극적 의지가 있어도 신라대학 이외에서의 환경에서는 접속 등의 여러 가지 어려움이 있었음을 지적하지 않을 수 없지만, 이는 계속적 기술의 발달 등으로 해결되어야 할 문제라 할 것이다. 다만 가상 수업을 위한 학교 내에서의 공간만이라도 자유로이 개방되고 지원되어야 할 것이다.

Ⅲ. 연구 결과에 대한 기대 효과 및 활용 방안

본 연구에서는 2000학년도 1학기부터 실시되고 있는 신라대학교 일본어 가상 교육을 모델로 1학기 가상 교육 결과 분석을 바탕으로 보다 발전적인 2학기 일본어 가상 교육을 위한 운영의 실제 및 그에 따른 제안을 그 목적으로 하고 있다.

이상의 연구 결과를 요약하면 다음과 같다.

① 현재의 학습자들은 자신이 원하는 시간 원하는 장소에서 원하는 만큼 학습하고자 하며, 이는 가상 수업이라는 새로운 교수 체제와 잘 부합되는 점이라 할 것이다.

② 효과적인 가상 수업을 위해서는 교수의 끊임없는 학습자의 학습 활동에 대한 피드백이 필요하며, 이는 기존의 교수 수업 이상의 노력이 요구될 수도 있다.

③ 일본어와 같은 외국어 학습의 경우는 선수 학습의 영향이 높으므로 개설 강좌의 학습장에 대한 선수학습 정도에 대한 충분한 가이드라인 제시가 필요할 것이다.

④ 학생들은 학습 목표와 관련된 내용 이외에도 교과목 전반에 관련된 다양한 영역에도 관심을 갖고 있으므로 자료실 등을 이용하여 다양한 자료 및 관련 사이트 소개를 통해 학습의 폭이 넓어질 수 있도록 도와야 할 것이다.

⑤ 가상 수업을 위한 기술적 환경이 충분히 보편화되어야 하고 부득이
   한 경우는 대학 내에서만이도 자유롭게 이용할 수 있어 사용상의
   불변이 주는 학습 의욕저하와 같은 일은 없도록 해야 할 것이다.

이상의 연구 결과 앞으로 보다 발전적인 가상 교육을 위한 연구 제
안은 다음과 같다.

① 메일이나 게시판과 같이 학습자와의 개인적 친밀감을 높일 수 있
   는 방법 이외의 보다 학습 내용에 구체적이고 효과적인 피드백
   제공을 위한 방법론에 대한 구체적 연구가 필요할 것이다.
② 외국어의 최종 목표는 결국 의사소통이므로 보다 수준 있는 학습
   이 되기 위해서는 VRM 등을 활용한 가상현실의 경험을 통한 학
   습을 위한 컨텐츠 개발 등이 필요할 것이다.

참고문헌

곽덕훈(1998). 멀티미디어와 가상 교육시스템을 활용한 교육. 부산대학교
　　　멀티미디어 교육원 학술세미나 자료집.
김영환(1998). 가상 대학 체제의 구성과 프로그램 운영 방안, 한국 디지털
　　　도서관 포럼 자료집.
김영환(1998). 가상 체제 구성과 성공적 운영을 위한 탐색. 제3차 교육 공
　　　학 연찬회 자료집.
김영환・이상수(1999). 원격교육 매체론. 서울: 학지사.
박성익, 강명희, 김동식(1998). 교육공학의 이론・적용・논쟁. 서울: 교육과
　　　학사.

송미섭, 이인숙(1997). 열린 교육 구현을 위한 가상 교육체제 설계 모형 연구: 기업교육을 중심으로. 교육공학 연구, 제13권 제2호.

신정철(1998). 가상 교육과 유관 교육제도, 한국 방송대학 원격교육 심포지엄 발표 자료집.

이재무(1998). 멀티미디어와 가상 교육 시스템을 활용한 교육. 부산대학교 멀티미디어 교육원 학술세미나 자료집.

이채연(1998). 멀티미디어와 가상 교육시스템을 활용한 교육. 부산대학교 멀티미디어 교육원 학술세미나 자료집.

임정훈(1997). 인터넷이 교육적 활용: 가능성과 한계점. 방송통신교육논총 제11집. 한국 방송대학교 방송통신교육연구소.

정인성, 임정훈(1997). 방송대학 가상 교육체제 설계. 연구보고서98-(3). 한국 방송대학 교육방송통신연구소.

Bates, A. W.(1995). *Technology, open learning and Distance education*. London:Routledge.

Harrasim, L.(1996). Online Education:the future. In T.M.Harrison & T.Stephen,(Eds). *Computer networking, scholarly communication in the twenty-frist century university*. NY:SUNY Press.

Moore & Kearsely, G.(1996). *Distance Education: ASystem View*. Belmont, CA:Wadsworth Pub.

Morgan, A(1991). *Research into student learning in distance learning*. (ED 342 371).

Wills, B(1992). *Effective distance Education, A primer for faculty and administrators*. AK:university of Alaska center for CrossCultural Studies.

Willis, B(1998) Effective distance education planning: lessons learned. *Educational Technology*. 38(1).

부 록

1. 일본어 기초 학력에 관한 조사

안녕하십니까? 신라대학교 사범대학 일어교육과 이명희입니다.
본 조사는 일본어 교양 및 가상 강좌 수강 학생들의 수업에 관해 조사하기 위한 것입니다. 질문마다 해당되는 항목에 솔직하게 답해 주십시오.
본 조사는 연구 목적 및 수강생 여러분을 위한 수업 자료로만 사용됩니다. 감사합니다.

※ 해당 항에 ∨표를 해주십시오.

1. 성별－남 (   )   여 (   )

2. 학과, 학번, 이름:

3. 일본어 학습 경험－예(   ) 아니요 (   )－예라고 답한 학생만 아래 조사에 답해 주세요.

4. 일본어는 언제, 어느 정도 학습했습니까? (   )
① 고등학교 때 제2외국어로   ② 학원에서
③ 독학   ④ 기타
(기간:)

5. 자신이 생각하는 자신의 일본어 실력은?
① 일본어 문자인 히라가나 카타카나 정도는 읽고 쓸 수 있다.

② です와 ます 차이를 안다.
③ 동사를 공손형으로 바꿀 수 있다.
④ 동사 음편을 이해하고 있다.

※ 일본어 문자 및 발음에 관한 다음 질문에 답해주세요(6～10)
6. 탁음의 발음이 포함된 단어를 찾으시오.
① えり　　　② つくえ　　　③ ぞり　　　④ そら

7. 반탁음의 발음이 포함된 단어를 찾으시오.
① あい　　　② もも　　　③ ピカピカ　　　④ すり

8. 촉음의 발음이 포함된 단어를 찾으시오.
① かんたん　　② もっと　　　③ はる　　　④ やま

9. 요음들로 구성된 단어 3개입니다. 공통된 모음은?
　<きゅう　じゅう　ちゅう>
① あ　　② い　　③ う　　④ え　　⑤ お

10. 장음을 포함하는 단어 3개입니다. 공통된 장음은?
① あ　　② い　　③ う　　④ え　　⑤ お

2. 가상일본어 수업 결과에 관한 조사

안녕하십니까? 신라대학교 사범대학 일어교육과 이명희입니다.

본 조사는 일본어 가상 강좌 수강 학생들의 수업에 관해 조사하기 위한 것입니다.

질문마다 해당되는 항목에 솔직하게 답해 주십시오.

본 조사는 연구 목적 및 수강생 여러분을 위한 수업 자료로만 사용됩니다. 감사합니다.

※ 해당 항에 ∨표를 해주십시오.

1. 성별 – 남 (   )   여 (   )

2. 학과, 학번, 이름:

3. 일본어 학습 경험 – 예(   ) 아니요 (   )

－예라고 답한 학생만 아래 **4번, 5번 조사에 답해주세요**

－아니요라고 답한 학생만 아래 **6번 조사에 답해주세요**

<일본어 학습 경험이 있는 학생만 대답>

4. 일본어는 언제, 어느 정도 학습했습니까? (   )

① 고등학교 때 제2외국어로   ② 학원에서

③ 독학   ④ 기타

(기간:)

5. 자신이 생각하기에 일본어를 배우고 온 것이 교양일본어 수업에 어느 정도 도움이 된다고 생각하는가?(   )

① 상당히 도움이 된다.   ② 약간 도움이 된다.

③ 별로 도움이 안 된다.   ④ 전혀 도움이 안 된다.

〈처음 일본어를 접하는 학생만 대답〉

6. 가상 강의 일본어 수업에 대해 본인의 이해도는 어떠한가? (   )

① 문제없다.   ② 노력하면 따라갈 수 있다.

③ 보통이다.   ④ 약간 어렵다.   ⑤ 전혀 이해가 안 된다.

〈공통사항〉

7. 가상 강의로 <일본어>를 신청한 이유는?

① 친구의 권유 ② 본인의 의지   ③ 학점 때문   ④ 선배의 권유

⑤ 기타 (   ) 직접 적어주세요

8. 가상 강의를 들으면서 가장 좋았던 점은?

① 쉽게 일본어를 배울 수 있었던 점

② 몇 번이고 원하는 만큼 자료를 다시 보고 들을 수 있었던 점

③ 언제 어디서나 편리한 시간 편리한 장소에서 공부할 수 있었던 점

④ 학습 태도에 대한 교수님의 간섭이 없었던 점

⑤ 기타 (   ) 직접 적어주세요

9. 가상 강의를 들으면서 가장 부족했던 점은?

① 잘 이해가 되지 않는 부분에 대한 교수의 피드백을 바로 받을 수
   없는 점

② 간섭이 없으므로 집중하여 공부하지 못했던 점

③ 학교 외의 장소에서는 접속이 쉽지 않았던 점

④ 강의 내용의 단조로움

⑤ 기타 (   ) 직접 적어주세요

10. 가상 강의 일본어에서 일본어 외에 또 어떤 점에 대해 알고 싶은가?
① 노래   ② 영화   ③ 문화   ④ 음식
⑤ 기타 (   ) 직접 적어주세요

11. 가상 강의 일본어에서 꼭 배우고 싶은 것은?
(   ) 직접 적어주세요

12. 보다 실질적으로 가상 강의 일본어가 학생들에게 도움이 되기 위해 필요한 점이 있다면 무엇인가.
(   ) 직접 적어주세요

13. 다음에 또 다른 제목의 일본어 가상 강의가 개설된다면 계속해서 들을 용의가 있습니까?
① 예   ② 아니요   ③ 잘 모르겠다.

14. 예라고 답한 학생들만 답하세요. 그 이유는 무엇입니까?

15. 아니요 라고 답한 학생들만 답하세요. 그 이유는 무엇입니까?

16. 잘 모르겠다고 답한 학생들만 답하세요. 그 이유는 무엇입니까?

제 5 장

Seoul Digital University 일본어 가상 강의
학습자 분석을 통한 학습자 준비도 분석 및 제안

I. 서 론

　현대 정보기술의 발전에 힘입어 제공된 가장 위대한 모험 중 하나는 교사와 함께 하지 않아도 수업을 할 수 있다는 사실이다. 즉 시간과 공간의 제약을 뛰어넘는 가상공간에서 마치 교실 속에 있는 듯한 느낌으로 강의를 들을 수 있다.

　물론 과거에도 많은 사람들은 우편을 통한 통신체계로 독립적인 학습활동을 해 왔다. 학습자들은 인쇄된 자료를 받고, 숙제를 하며, 원거리의 교사로부터 피드백을 받았다. 그러나 새로운 정보기술의 급격한 발전 특히, 웹을 기반으로 한 수업(WBI: Web Based Instruction)은 교사와 학습자 모두에게 좀더 풍부한 상호작용을 가능하게 하고, 장소의 한계를 뛰어넘는 수업을 경험하게 해준다. 즉 WBI 학습자들은 학습자 간, 교사 혹은 온라인 자료와도 상호작용할 수 있다. 교사와 전문가들은 촉진자(facilitator)로서 실시간 / 비실시간 커뮤니케이션으로 학습을 지원, 피드백과 가이드를 제공한다. 실시간 커뮤니케이션은 생생한 상호작용을 가능하게 하는 반면, 비실시간 커뮤니케이션(전자우편, 리스트서브 등)은 시간에 구애를 받지 않는 상호작용을 가능하게 한다. 뿐만 아니라 비실시간 커뮤니케이션의 대부분은 글로써 의사소통이 일어나므로 교사와 동료 학습자들의 발표 내용 등을 충분한 시간을 가지고 이해할 수 있을 때까지 반복 읽기가 가능하고 자신의 생각을 보다 잘 정리하여 표현할 수 있다. 또한 기록 내용이 보존되기 때문에 이미 지난 내용이라도 언제든지 다시 볼 수 있다. 그리고 면대면이 아니므로

장의존적 학습자들에게 질문 및 발표 시 일어나는 저항감을 줄일 수도 있다.

하지만, WBI는 책, CD-ROM과 같이 설계자에 의해 범위가 사전에 제한된 폐쇄된 체제가 아닌 환경 밖으로 자유롭게 드나들 수 있는 개방체제이다. 때문에 설계자가 사용자에게 어느 정도의 통제권을 넘기도록 설득해야 하는 문제가 남는데, 이는 개방체제의 설계가 더 어려울 수 있음을 의미한다. 즉 학습자들은 너무 많은 선택이 주어지면 오히려 본래의 과제에서 벗어나는 경향을 보이므로, 혼돈을 초래하거나 질적 저하를 가져올 위험성도 있고 직접 의사소통을 하지 못하므로 교사의 몸짓, 표정, 음색 등을 통한 의사 전달과 자극을 받을 수도 없다. 그리고 교사는 학습자를 직접 볼 수 없기 때문에 학습 참여와 학습 성과를 점검하고 학습에 대한 동기를 부여하기 위한 추가적 조치가 필요하게 된다.

따라서 WBI에 있어서 학습자들은 단순히 수동적으로 보고 듣는 입장으로 그치는 것이 아니라 능동적이면서 적극적으로 수업에 참여할 수 있도록, 그리고 본래의 과제에 충실할 수 있도록 하기 위해 그들의 준비도를 알 필요가 있다. 다시 말해 정보 기술에 의존하는 가상 강의를 위해서는 교실 수업과는 또 다른 컴퓨터 및 인터넷 관련 학습 환경에 대한 이해가 필요하며, 학습자들이 학습에 대해 질문하고 토의에 참여하고 싶어 하는 것이 무엇이며, 또 어떤 방법으로 그러한 것을 도울 수 있는지 등을 알 필요가 있다.

이에 본 연구에서는 SDU 일본어 강의 학습자 분석을 통한 가상 강의에 있어 학습자 준비도를 제고해보고자 한다. 그리고 그 결과 학습자 중심 가상 강의 설계 및 실제를 위한 다양한 지침 및 제안을 제시함에 그 연구 목적이 있다.

II. WBI 및 가상 강의

A. WBI

월드와이드웹(World-Wide Web)에 기반을 둔 교육, 즉 월드와이드 웹의 특성을 교육의 효과성과 효율성 증진에 활용하는 웹기반 교육(Web-Based Instruction)을 Khan(1997)은 다음과 같이 정의하고 있다.

웹기반 교육은 학습이 일어나거나 조장되는 유의미한 학습 환경을 조성하기 위하여 웹의 특성과 웹이 제공하는 자료들을 활용하여 전개하는 하이퍼미디어 기반의 교수-학습 프로그램을 말한다.

위 정의를 나일주(1999)는 다음과 같이 풀이하고 있다. 즉 웹기반 교육에서는 우선 하이퍼미디어 기반이라는 점이 부각된다. 웹의 특징은 하이퍼미디어와 멀티미디어를 무리 없이 구사하는 데 있다. 링크를 통해 수많은 정보를 담고 있는 노드들을 항해하면서 수업이 이루어지는 특성을 지적한 것으로 풀이된다.

또 웹상의 다양한 자료를 활용하여 교육이 이루어지는 것을 강조하고 있다. 웹상의 수많은 도메인 안에는 현재 현실세계에서 일어나고 있는 생생한 자료들이 무수히 존재한다. 웹기반 교육에서는 정해진 교수 내용을 반복적으로 가르치는 기존의 교육적 형태를 벗어나 현실세계의 변화하는 자료를 그대로 교육에 활용할 수 있게 된다는 점을 지적한 것이다.

마지막으로 유의미한 학습 환경을 조성하기 위해서는 웹기반 교수가 존재하는 것이라는 점을 분명히 하고 있다. 결국 인간학습의 유의미성을 증가시키기 위해서 웹이 교수에 활용된다는 점을 지적한 것이다.

이상과 같은 Khan의 견해에 대한 풀이에 덧붙여 나일주(1999)는 웹기반 교육이 교수자와 학습자에게 통합적 환경을 제공한다는 점을 지적하고 있다. 기존 학교 체제에서는 교실과 자습실, 도서관, 시청각실이 각각 분리되어 있었으나 웹기반 교육에서는 모든 것이 심지어는 서적 센터나 쇼핑 센터, 공공기관 방문과 같은 교육외적 요소까지도 노드와 링크의 형태로 통합되게 되기 때문이다.

따라서 웹기반 교육은 웹이 제공하는 풍부한 정보와 통합적 환경을 활용하여 이루어지는 원격 가상 강의의 하나라 할 수 있을 것이다.

B. 가상 강의

가상 강의는 일반적으로 원격 교육, 재택 수업이란 용어로도 많이 쓰이고 있으며, 가상 교실, 온라인 교육, 온라인 강좌, 가상 강좌 등의 용어로도 쓰인다. 본 논문에서는 인터넷을 활용한 사이버 강의라는 의미에서 이들을 같은 개념으로 묶어 생각하기로 한다. 즉 가상 강의는 기존의 교실 중심의 면대면 강의와 달리 교수-학습이 일어나는 환경이 인터넷을 활용한 가상공간이다. 그로 인해 교수자와 학습자에게 제공되는 교수 방법, 학습자료 제시 방법, 교수자와 학습자의 역할, 상호작용 활동 등이 새롭게 규명되고 있다.

가상 강의의 특징으로는 우선 가상공간에서 교수-학습이 이루어지기 때문에 시간과 공간의 한계를 극복하여 언제 어디서든지 학습을 원하는 학습자들에게 원하는 시간, 원하는 만큼 유의미한 학습을 제공할 수 있다. 그리고 가상 강의는 기존의 일방적인 지식전달 방법과는 달리, 고도의 상호작용적인 양 방향 의사소통을 가능하게 하여 교사와 학습자 간에 또는 학습자들 간에 동시적 비동시적으로 다양한 의견을 교환하여 학습자들이 반성적 사고를 통해 자신의 생각을 반추해보고 공통된 아이디어를 공유하도록 한다.(임정훈, 1999) 뿐만 아니라 가상 강의는 하이퍼텍스트 환경에 근거하기 때문에 기존의 텍스트 위주의 학습자료에서 벗어나 그림, 동영상, 음향, 비디오 등 다양한 형태로 통합된 학습자료들을 학습자에게 제시하여 보다 구체적이고 맥락적인 자료들을 접할 수 있게 한다. 그러나 가상 강의는 학습자가 가상의 공간에서 스스로 자신에게 유의미한 학습 활동을 할 수 있는 능동적이고 적극적인 자세가 요구는 자기주도적 학습력이 학습성패의 중요한 관건이 된다. 따라서 교사는 학습자들의 학습 활동을 보조하고 도와주는 촉진자로서의 역할이 강조된다. 또한 컴퓨터를 활용하여 가상 강의에 임해야 하기 때문에 컴퓨터를 제대로 다룰 줄 모르는 학습자들의 경우에는 학습과는 별개로 심리적인 불안감이 조장되기 쉽거나, 가상의 공간에서 학습자가 혼자 학습하므로 학습에 대한 소속감을 면대면 강의에 비해 훨씬 적게 느끼고 교사와 운영 조교자의 활발한 상호작용이 제공되지 못하면 오히려 면대면 강의보다 학습이 제대로 이루어지지 않을 수 있다. 따라서 가상 강의에 참여하는 교사와 학습자들은 웹의 특성들을 명확하게 이해하고 웹이 지니고 있는 교육적 잠재력을 충분히 구현하도록 주의하여야 한다.(박성익, 윤순경, 2000)

Ⅲ. SDU 일본어 가상 강의 학습자 분석을 통한 학습자 준비도 분석

본 연구에서는 2001학년도 1학기 SDU 일본어 강의 수강자 총 287 명 가운데 설문에 응해준 149명의 설문 분석을 통한 가상 강의에 있어 학습자 준비도를 제고해 보고자 한다. 설문 내용의 기본 원리는 교수 매체의 효과적·효율적인 활용을 위해서 학습대상자의 특성분석(Analyze learners), 목표의 설정(State objectives), 학습자료의 선택과 활용 (Select methods, media and materials), 학습자 참여 유도(Utilize media and materials, Require learner participation)와 평가(Evaluation and revise) 등이 체계적으로 이루어지도록 인디애나 대학의 Heinich 등(1996) 이 개발한 ASSURE 모형에서의 학습자 분석 절차에 따랐다.

그 결과는 다음과 같이 요약할 수 있다.

A. SDU 일본어 강의 학습자의 일반적 특성

설문 응답자 149명 가운데 76명이 남자, 73명이 여자였으며, 연령은 20대가 91명으로 가장 많았으며, 다음이 30대 35명, 40대 21명 50대 1

명 무응답 1명순으로 나타났다.

직업은 50명이 순수 학생이었으며 나머지 101명은 전문직 혹은 사무직에 종사하거나 개인업, 언론인, 은행원, 건설업 등 다양하였다.

이상의 SDU 일본어 강의 학습자의 일반적 특성에서 알 수 있듯이 가상 강의를 듣는 학습자들의 연령은 작게는 20대에서 많게는 40대에 이르기까지 그 연령층이 크며, 75% 이상이 직업이 있는 상태에서 학습을 하는 학습자들이다. 즉 본업이 학생인 학습자들에 비해 학습에 투자할 수 있는 시간적 여유가 적은 학습자들이다.

끝으로 직업이 다양함으로 참가 학습자들의 생활, 문화 전반에 걸친 경험의 폭이 다양할 것이며 이는 그들의 지식 및 정의 스키마의 차가 크다는 것을 예측할 수 있다. 이는 그들의 교과 학습에 대한 목표 및 기대치를 하나 혹은 둘로 통일하기 어려울 수 있음을 의미하며, 아울러 학습과 관련된 일반적 사례 제시에 있어서도 보다 신중함이 요구된다.

B. 출발점 능력(컴퓨터 활용 능력과 일본어 중심)

학습에 들어가기 전에 학습자들이 미리 보유하고 있어야 하는 지식, 기술, 태도에 어떤 것이 있는지는 아는 것은 수업 설계에 있어 무엇보다 중요한 일이다. 여기서는 컴퓨터 활용 능력과 일본어를 중심으로 설문을 하였고 그 결과는 다음과 같다.

① 본인의 컴퓨터 활용 능력 정도는?

1	컴퓨터의 매우 기초적 조작은 가능하다.	3명	2%
2	인터넷을 통한 정보 검색 및 e-mail 사용이 가능하다.	52명	35%
3	응용 프로그램(한글, 액셀, 액세스 등)의 활용이 가능하다.	61명	41%
4	홈페이지 제작 및 사진 편집 등을 할 수 있다.	27명	8%
5	C 또는 자바 언어 등을 이용 프로그래밍 할 수 있다.	4명	3%

무응답이 2명

위 설문 결과 학습자들은 97% 인터넷을 통한 정보 검색 및 e-mail 사용이 가능하였고 62%가 응용프로그램의 활용이 가능한 것으로 나타나 컴퓨터 활용 능력의 부족으로 인한 WBI의 어려움은 없는 것으로 판단된다. 다만,

② 본 수업 이전에 컴퓨터를 이용한 가상 수업(원격 수업)을 해 보신 경험이 있습니까?
1) 예-18명　　　　　　2) 아니요-129명

②-1. '예'라고 답하신 경우 구체적으로 어떤 수업이었는지 적어 주십시오.

응답 결과로는 현재 학교 전공수업, 여행사 경영론 및 캠퍼스21에서 홈페이지 제작에 관한 수업, 사이버강좌, 삼성 SDS주관 회계학, 관광학원론 및 여행사 경영론, 영어 및 일본어, 전공과목(프로그래밍 언어론), 기독교 단체인 호산나 아카데미에서 강의안을 다운받는 방법으로 기독교 세계관, 경제관, 창조과학, 환경 등에 관해 수강, 컴퓨터 교육 세미나, 포토샵, 오피스 프로그램 등, 학부 교양 과목, SBS 수능모의고사에서 전 과목 수강 등으로 나타났다.

그러나 87%의 학습자한테서 가상 강의가 처음인 것으로 나타났다.

이는 가상 강의 가운데 예기치 못한 문제 발생 시 대처 능력 부족 및 수업 중 여러 가지 상호작용 방법에 대한 경험이 많지 않다는 것으로 해석된다. 즉 무엇보다도 자기주도적 학습력이 요구되는 가상 강의에 있어 면대면 수업에만 익숙한 학습자들은 혼자서 모든 것을 해결해야 한다는 불안으로 수업 전반에 어려움이 따를 것으로 예상된다.

③ 본 수업을 위한 프로그램은 어떻게 접속했습니까?

1	학교 또는 작장에서 LAN을 통해	39명	26%
2	집에서 LAN을 통해	76명	51%
3	학교 또는 직장에서 PC 통신을 통해	12명	8%
4	집에서 PC 통신을 통해	22명	15%
5	기타 _______________직접 적어주세요	명	%

23%가 전용선이 아니라 전화선을 이용하는 것으로 나타났는데, 이는 학습에 있어 자료 제시 속도 및 접속 등이 쉽지 않아 본래의 학습이 주는 스트레스보다는 학습에 임하기까지의 과정상의 스트레스 요인이 될 수 있다.

따라서 가상 강의를 통한 학습에 앞서 가장 우선적으로 고려되어야 할 부분은 바로 원활한 웹 환경이다.

④ 본인의 일본어 실력은 어느 정도?

1	완전초급	45명	30%
2	일본문자만 아는 정도	47명	32%
3	형용사, 동사활용이 가능하다	26명	17%
4	일본인과 만나 간단한 회화가 가능	27명	18%
5	일본인과 자유로운 회화 가능	2명	1%

62% 정도의 학습자가 일본 문자도 모르는 혹은 일본 문자 정도만 아는 첫걸음 상태인 반면, 간단한 회화가 가능한 학습자가 18%, 자유로운 회화가 가능한 학습자도 있었는데, 사실상 본 강의는 일본어 초보를 위한 강의였던 만큼 상위 19%에 응답한 학습자들은 본 강의가 본인의 수준과 차이가 많이 난다.

C. 학습 양식

학습대상자의 심리학적 특성분석은 교수매체와 교육방법의 선택에 도움을 줄 수 있고 앞서 설문 결과와 같이 학습자의 적성과 능력이 많은 차이가 있을 시 개별 보충 수업이나 심화 학습 실시를 위해 중요한 단서가 된다.

본 연구에서는 다음과 같이 학습자 양식에 대한 설문을 하였다.

① <인터넷으로 배우는 신 일본어>를 신청한 이유는?

1	친구의 권유	9명	6%
2	본인의 의지	125명	84%
3	학점 때문	9명	6%
4	선배의 권유	0명	0%
5	기타 ＿＿＿＿＿＿＿＿＿직접 적어주세요	4명	3%

기타로는 아들 수업 독려차, 인터넷상 어학공부를 해보고 싶어서, 일본어에 흥미가 있어서, 학교수업인 관계로 등으로 대답했다.

응답자의 84%가 본인의 의지로 교과목을 선택하였다고 답하여 학습자들의 학습에 대한 동기가 다른 어떤 집단보다 높음을 알 수 있다.

② 본 강좌를 위한 평균 학습 시간은?

하루 1시간 내외	주 3~4시간 내외	주 1~2시간 이내
36명	88명	25명

응답자의 59%인 88명이 주 3~4시간의 공부를 한다고 답하고 있고, 하루에 한 시간씩 규칙적으로 학습하는 학습자는 24%인 36명에 불가했다. 뿐만 아니라 주당 1~2시간밖에 공부를 하지 못하는 응답자도 17%나 있었다.

이러한 응답 결과는 대부분의 학습자들이 일본어 학습을 매일매일 조금씩이라도 규칙적으로 하는 것이 아니라, 여유가 생기면 한꺼번에 많은 분량을 학습하고 또 시간이 없으면 오랫동안 학습을 하지 못한다는 점을 시사한다. 즉 초급 외국어 학습에 있어 지속적 반복학습이 중요하다고 할 때, SDU 학습자 대부분은 겸업 학생으로 시간 부족의 문제점을 안고 있다. 따라서 오프라인상에서도 복습 및 예습을 할 수 있는 심화, 보충 자료 제시 방법이 고려되어야 하겠다.

③ 학습에 가장 유익했던 수업 활동은 어느 것이었습니까? (순번대로 3개만)

1	과제, 리포트	107명	25%
2	Q&A, 토론	40명	9%
3	교사 피드백	110명	26%
4	동료 피드백	11명	2%
5	동료 과제 열람	13명	3%
6	학습 자료방	87명	19%
7	퀴즈	63명	14%
8	기타________무응답________________	10명	2%

학습에 가장 유익했던 수업 활동은 역시 가상 강의에서도 교사 피드백인 것으로 나타났다. 가상 강의에 있어 교사의 역할이 학습 활동을 보조하고 도와주는 촉진자로서의 역할이 중요함을 확인할 수 있다. 다음으로는 과제 및 리포트로 학습자가 학습에 직접 참여할 수 있도록 유도하는 것이 무엇보다 중요함을 알 수 있었다. 이 밖에도 학습 자료방 및 퀴즈, Q&A, 토론, 동료 과제 열람, 동료 피드백 등의 순서로 반응이 나타났다.

④ 학습에 과제, 리포트의 내용과 형태 및 양이 적절했습니까?
   1) 예－106명   2) 아니요－38명   무응답－5명

④－1. 그 이유는 무엇입니까('예'인 경우도 적어주십시오)?

과제 및 리포트에 대한 내용과 형태에 대해 학습자들은 비교적 긍정적인 반응을 보였는데 그에 따른 구체적 이유는 다음과 같이 제시하고 있었다.
먼저 긍정적 이유로는 관련 사이트를 통해 공부에 많은 도움이 되었다는 이유가 가장 많았고 다음으로 다양한 학습체험으로 일본을 알게 됨, 일본어로 메일 보내기가 좋았다 등이었으며, 기타 의견으로 어려운 내용 아니라 부담 없음, 일본어에 빨리 적응할 수 있었다, 과제가 어렵지 않았다, 꾸준히 학습 의욕의 고취와 관심 가지게 함, 모르는 것을 알게 돼서, 적절하게 정해진 내용으로 생각됨, 본문 써서 제출하기 여러 번 했으면 좋겠다, 리포트는 컴퓨터상의 일본어를 할 수 있게 해서 괜찮았다, 어느 정도 부담 없고 많은 곳을 둘러볼 수 있어서 좋았다, 일어 자판 연습 좋았다, 리포트 직접 본문 적으면서 더 주의 깊게 그 과를 볼 수 있었다 등이었다.
부정적 이유로는 과제 퀴즈가 많다, 너무 많이 나와서 제대로 볼 시간이 없었다, 다른 사이트 방문 활용 무리, 매주 제출이 싫다, 시간 부족, 사이트방문 후 소감적기는 가입 등의 신상노출이 우려돼 거부감

생김, 사이트 방문 후 소감 제출 부담 있다, 인터넷 문화를 모르기 때문에 과제 자체가 상당히 힘들다, 사이트 방문기 리포트로 너무 광범하다고 생각, 진도 빠름, 학습자들의 수준 고려해 과제 세부적 분리해서 내주길, 과제 소감문보다 일본어 학습에 도움이 되는 내용 제출이 더 나을 듯싶다 등이었다.

과제에 대한 학습자의 이상과 같은 찬반 반응은 학습자 수준에 따른 보다 구체적이고 세부적이며 적절한 시간 배분을 고려한 과제 제출 및 방법에 대한 중요성을 시사한다 하겠다.

⑤ 과제, 리포트에 대한 강의자의 피드백은 적절했습니까?
  1) 예 – 112명   2) 아니요 – 23명   무응답 – 14명

⑤-1. 위의 답에 대한 이유와 함께 강의자의 피드백에 대한 구체적인 의견을 적어 주십시오.

설문에 응한 학습자들의 반응은 다음과 같다.

긍정적 반응은 열성적이다, 과제 제출 확인할 수 있어 좋다, 정확한 답변과 칭찬이 중요, 문법이 유익, 학습 Q&A에 올라온 질의응답이 피드백 대신함, 학습 자료방 여러 가지 자료 구함, 피드백을 통해 다시 한 번 확인, 강의 중점이 뚜렷함, 교과서의 내용과 같아서 공부하기 쉽다, 일어에 대한 관심유도, 쉽고 자율적, 질의응답 잘 되어서 좋았다, 피드백은 적절했지만 과제가 확인되었는지 여부는 조금 걱정됨, 메일에 대한 답변 좋았다 등이었다.

부정적 반응은 과제제출 확인 정도만 알 수 있어 피드백 적절하지 못함, 온라인이기에 시간제약 때문에 조금 부족한 면이 있다, 문법은 한 번 더 예를 들어 설명해줬으면, 각각의 틀린 부분을 지적해줬으면, 수강 인원 많아서 그렇게 정확한 피드백 바라는 건 무리 등의 반응이었다.

⑥ 본 수업을 통한 본인의 학업 성취도에 만족하십니까?

　　1) 예-98명　　　　　2) 아니요-35명　　　　　　무응답-16명

⑥-1. '아니요'라고 대답하신 경우 그 이유는?

다음과 같이 반응하고 있다.

진도가 빠르다는 대답이 가장 많았으며 다음으로는 자신이 생각보다 조금 부족한 면이 있다. 즉 열심히 하지 않은 것 같다였으며, 그 밖에도 점점 더 어려워짐, 아직은 성과 없다, 컴퓨터가 없어서 수업을 들을 때마다 불편했음, 일방적인 수업이다, 복습 부족, 많은 어휘와 단어 공부 하고 싶다, 한번 놓치면 따라가기 힘들다, 시간 없다, 일본어를 처음 접해 어떻게 해야 할지 모르겠다, 집중력 떨어짐, 재미없다, 많은 분량 한꺼번에 해서 부담된다 등이었다.

⑦ 본인의 수업 참여도에 만족하십니까?

　　1) 예-87명　　　　　2) 아니요-46명　　　　　　무응답-16명

⑦-1. 아니라면 그 이유는?

정해진 시간이 아니라 조금은 느슨한 수업, 점점 더 어려워지는데 게을러짐, 활발한 수업 참여 유도했으면(오프라인으로 클럽 활동했으면), 직장생활로 꾸준하지 못함, 시간에 쫓김, 제대로 듣지 못한 수업 많다, 규칙적인 시간을 내지 못하는 상황, 열심히 하지 못함, 컴퓨터의 사용 제한 불규칙하게 접속한 것이 아쉽다, 질문 있어도 왠지 모르게 기피 등이었다.

응답자 가운데 75%가량이 직업을 가지고 있다고 했던 선행 설문과 연계해서 생각해 볼 때, 충분한 시간을 학습에 투자하기 어려운 학습자의 입장을 독려할 수 있는 학습 방법에 대한 고려가 필요하다 하겠다.

이상의 학습 양식에 대한 설문들을 통해 정리할 수 있는 문제점은 크게 다음 2가지로 요약될 수 있다.

첫째, 가상 강의 수강자의 일본어 학습력의 차이다. 이는 이미 출발점 능력에 관한 설문에서도 예견되었던 바이지만, 실제 한 학기를 가상 수업을 통해 일본어를 학습하는 과정에 있어서 완전 초보자와 일본어의 학습 경험이 있는 학습자의 학습에 대한 태도는 극과 극이라고 할 수 있을 만큼 비교되었다.

둘째, 학습 시간에 대한 투자 가능성이다. 면대면 교실 수업과는 달리 가상 강의에서는 출석체크를 한다고는 하지만 출석한 후에 투자하는 시간의 양에 상당한 차이가 있고 또 본인의 학습에 대한 자기주도적 성향이 강하지 못한 경우 수업을 성공적으로 이끌 수 없는 단점이 있다.

즉 피드백에 대한 반응에 있어서도 일본어 학습 경험이 있는 학습자 혹은 일본어 학습에 적극적으로 시간을 투자하는 학습자는 긍정적이며 활발한 활동이 돋보인 반면 그렇지 못한 학습자는 피드백이 주어져도 그 활용도가 떨어지는 것으로 나타났다.

따라서 이상과 같은 문제점을 극복하기 위해서는 가상 강의를 위한 교수설계에 있어 해당 강의의 전체적 교수 목표 이외에 초, 중, 고급 수준별 하위 목표를 두어 폭넓게 학습자의 요구를 만족시킬 수 있도록 하는 조치가 필요하거나, 처음부터 학습 능력에 있어 제한된 학습자만이 수강하도록 하는 방법 등이 필요하다 하겠다.

D. 기타

① 본 수업을 수강하면서 가장 어려운 점은 무엇이었습니까? 구체적으로 언급해주십시오.

연습문제 푸는 것이 힘들었다, 시간이 없어 예습 복습 힘들었다, 모뎀이라 답답함, 과제 소감 쓰기 효과 없다, 학습량 많아서 어렵다, 일일이 체크해서 확인해야 했고 그렇지 못하면 과제를 놓침, 음성상의 문제, 컴퓨터 초보라 학습자료 다운로드나 제출 방법 등에 애로 사항 많음, 일과와 수업의 병행에 따른 자기희생, 한두 번 수업 놓치면 따라가기 힘들다, 적극적 참여도 높이기, 목소리가 잘 들리지 않음, 끊어질 때 답답함(다운로드 받아서 자기 컴퓨터에서 볼 수 있었으면), 발음교정 불가능, 시스템 문제, 과제 양 많다, 혼자서 공부하는 것이 힘들다, 일본어 입력 어려움, 단어 암기 어렵다, 보고 싶은 부분만 볼 수 없어 안타까움, カタカナ 암기 헷갈림, 노력하지 않으면 쫓아가기 힘듦, 집중력 떨어짐, 진도 빠름, 메일이 제대로 갔는지 의심스러움, 버퍼링이 늦고 접속시간 오래 걸림, 퀴즈 경우 오류가 생겨 당황, 글자가 깨어짐, 한자(漢字)를 잘 못 읽어서 어려움, 교재 구입 안 하면 프린트 양 많아 힘들다, 갑작스런 오류, 컴퓨터 사용이 어렵다, 실시간에 할 수 없는 질의응답, 한자의 암기, 이해력 부족 등으로 정리될 수 있다.

② 본 강좌에서 가장 좋았던 점은 무엇이었습니까? 구체적으로 언급해 주십시오.

일본 관련 사이트에 대한 소개라는 답이 압도적으로 많았으며, 다음으로 일본 문화에 대한 것이었다. 그리고 부담 없이 들을 수 있다, 쉽게 강의, 시간적인 제약 없다, 반복청취가능, 빠지지 않는 답변 유익, 신경 써주시는 것, 명쾌한 강의, 학습자료실 유용, 설명 만족, 기술면

파워 포인트 만족, 기초다짐, 시간절약, Audio 부분 뚜렷해서 이해 쉬워, Q&A에서 가장 빨리 관리 친근감 생겨, 일본어 자판치는 것 배워서 좋음, 구체적으로 공부하고 이해할 수 있다, 자세한 문법설명, 집중력 생김, 집에서 공부할 수 있음, 일대일로 공부하는 듯해서 좋다, 쉽고 재미있다, 지루함 없다, 새로운 언어를 배운다는 것이 좋다, 꼼꼼한 설명 다양한 내용, 교재가 어렵지 않아 좋았다, 짧은 시간 많은 학습을 할 수 있다, 각 단계마다 수업진행 유익함, 교안이 흥미 유발, 능동적 자세로 공부, 학습자료의 다양성 좋다 등의 반응이었다.

③ 본 강좌에서 가장 아쉬웠던 점은 무엇이었습니까? 구체적으로 언급해 주십시오.

딴 짓을 한다, 친숙함이 없다, 시간이 없다, 직접 만나볼 수 없어서 아쉽다, 빠른 질의응답 요함, 적극 참여 못한 것이 아쉬움, 좀더 많은 토론 활성화, 시스템 보완, 한자나 일본어 깨짐, 사이트 방문 후 소감 적기 힘들다, 끊어질 때, 발음교정 안 됨, 회화 안 됨, 혼내는 사람 없다, 진도 빠름, 본인노력 요함, 질문 많이 못한 것이 아쉬움, 수강생끼리의 교류 적어 아쉽다, 과제 제출처 자주 바뀌는 혼란, 필요한 부분만 청취불가능 등이었다.

④ 본 강좌의 개선을 위한 의견이 있으면 구체적으로 언급해 주십시오.

위 질문에 가장 많은 응답으로는 교수와 학생이 정기 채팅을 했으면 하는 내용과 이와 유사한 토론의 장을 넓혀주길 혹은 학기 중 온라인 수업만이 아니라 한 번 정도는 오프라인 수업도 있었으면 하는 의견이었다. 다음으로 시스템 상의 문제를 지적하였고 그 외에도 일본 문화 전반에 대한 다양한 경험담을 추가해 줄 것, 듣기 및 퀴즈를 보강해 줄 것 등이 있었다.

이상의 가상 강의 전반에 대한 설문 결과 학습자들은 본인의 수업에 대한 능동적 태도 결여를 인정하는 경우가 많았고 아울러 적극적 태도를 유도해 주길 바라고 있었다. 또한 학습자의 컴퓨터 및 일본어 학습에 대한 사전 지식은 가상 강의를 성공으로 이끄는 중요한 열쇠임을 알 수 있었다. 즉 보다 효과적인 가상 강의를 위해 학습자들이 사전에 준비되어야 할 것이 생각보다는 많고, 아울러 교사는 강의 도중에 적절한 피드백을 위해서는 면대면 교육에서의 역할보다 더 많은 수고가 요구됨을 확인할 수 있었다.

그리고 이외 정보 통신 기술의 발전이 필요한 부분으로 일본어는 영어와 달리 한자(漢字) 약자가 있어 깨어져 보이는 글자들이 간혹 있어 학습자들을 당황하게 하는 경우가 있었는데, 이후 기술적 보완이 필요한 부분이라 판단된다. 덧붙여 듣기에 있어 듣는 능력은 강화할 수 있지만, 면대면 교육에서는 가능한 발음 교정이 어렵다는 문제점이 남는다. 이는 음성 채팅 등을 활용한 보다 기술적이고 실질적인 대안이 필요하겠다.

Ⅲ. 결론 및 제안

본 연구에서는 정보 통신 기술의 발달에 힘입어 최근 새로운 교육 패턴으로 자리잡고 있는 가상 강의를 보다 효과적으로 설계하고 구현하기 위한 방안으로 SDU 일본어 가상 강의 학습자 분석을 통한 학습자 준비도를 제고해보고자 했다.

SDU 일본어 가상 강의 학습자 준비도 분석 결과는 다음과 같다.

(1) SDU 일본어 가상 강의 학습자의 일반적 특성은 주로 20대에서 40대에 이르는 다양한 연령층으로 학습자의 75%가 직업을 가지고 있었다.

(2) 출발점 능력으로 기본적인 컴퓨터 활용 능력은 갖추고 있었지만, 가상 강의에 대한 경험은 대다수 없었다. 일본어 능력은 ひらがな도 모르는 완전 초보에서 자유로운 회화가 되는 학습자에 이르기까지 수준에 따른 차이가 많이 났다.

(3) 학습 양식으로는 스스로 일본어 가상 강의를 선택한 학습자가 대부분으로 초기 동기는 충분한 것으로 판단된다. 그러나 가상 강의 수강자의 일본어 학습력의 차이가 크고, 일반적 특성에서 알 수 있었듯이 대부분이 학습자가 직장인으로 학습에 충분한 시간을 투자할 수 없는 상황이었다. 그 결과 학습 과제 및 리포트를 능동적으로 할 수 없게 되고 따라서 학습 종료 후 학업 성취도에 대해 크게 만족하지 못하는 학습자가 상당수 있었다.

(4) 기타 가상 강의 전반에 대한 설문 결과 학습자 스스로의 자기주도적 학습이 이루어지지 못함에 대한 반성과 학습자들에 대한

보다 구체적인 독려를 유도해 줄 것을 요구하고 있었으며, 일본어의 특수성과 외국어의 특수성을 최대한으로 살릴 수 있는 기술적 발전이 요구되었다.

이상의 분석 결과를 바탕으로 다음과 같은 제안을 하고자 한다.

1. SDU 학습자의 일반적 특성 분석 결과, 학습자들의 일본어 학습력의 차이와 다양한 직업을 갖고 있음에 따른 사전 지식 및 학습 결과에 따른 기대치의 차이로 다른 어떤 수업보다 학습 난이도 및 목표 조절이 어려움을 알 수 있었다. 따라서 특히 초급 외국어 학습과 같은 기능적 성격이 강한 가상 강의에서는 사전에 학습자 수준을 조절하든지, 아니면 학습자 초기 동기화 전략에 있어 수준별 강의가 필요함을 제안한다.

2. 또한 난이도의 완만한 상향곡선의 유지가 가상 강의에서는 중요함을 제안한다. 즉 학습에 대한 성취감을 유지하기 위해서는 높은 수준의 시간이 많이 소요되는 단계보다는 복습 및 반복 학습 위주의 학습 형태가 필요하다고 제안한다.

3. 학습자들은 과제를 통해 그들의 학습 결과를 확인받고 싶어 하는 것으로 나타났으며, 능동적이지 못한 학습자를 독려할 수 있도록 기대하고 있는데, 이를 위해 교사는 면대면 교육에서 보다 적극적이며 효율적인 피드백 제공을 위한 사전 전략이 필요함을 제안한다. 예를 들면 철저한 학습 내용 분석을 통해 예상되는 질문 및 문제점 등에 대한 사전 분석 등을 들 수 있다. 또한 분석된 내용은 학습자 메일링을 통해 개별적으로 처치될 수 있는 방법 등이 있다.

4. 끝으로 온라인과 오프라인을 겸한 학습을 학습자들은 희망하고 있는 것으로 나타났으며, 가상 강의를 위한 자료가 사전에 배포되어 학습을 도울 수 있을 때 더욱 효과적임을 제안한다.

참고문헌

김영환(1998). 가상 체제 구성과 성공적 운영을 위한 탐색. 제3차 교육 공학 연찬회 자료집.

나일주(1999). 웹기반 교육. 서울: 교육과학사.

박성익, 강명희, 김동식(1998). 교육공학의 이론・적용・논쟁. 서울: 교육과학사.

박성익, 윤순경(2000). 가상 강의의 운영실태와 효과 분석. 교육공학연구 제16권 제2호.

송미섭, 이인숙(1997). 열린 교육 구현을 위한 가상 교육체제 설계 모형 연구: 기업 교육을 중심으로. 교육공학 연구, 제13권 제2호.

신정철(1998). 가상 교육과 유관 교육제도, 한국 방송대학 원격교육 심포지엄 발표 자료집.

이재무(1998). 멀티미디어와 가상 교육 시스템을 활용한 교육. 부산대학교 멀티미디어 교육원 학술세미나 자료집.

이채연(1998). 멀티미디어와 가상 교육시스템을 활용한 교육. 부산대학교 멀티미디어 교육원 학술세미나 자료집.

임정훈(1997). 인터넷이 교육적 활용: 가능서과 한계점. 방송통신교육논총 제11집. 한국 방송대학교 방송통신교육연구소.

정인성, 임정훈(1997). 방송대학 가상 교육체제 설계. 연구보고서98-(3). 한국 방송 대학교 방송 통신연구소.

임정훈(1999). 웹기반문제해결학습 환경에서 소집단 협동학습전략이 온라인 토론의 참여도와 문제해결에 미치는 효과. 서울대학교 박사학위 논문.

Barson, J., Frommer, J., & Schwartz, M.(1993). foreign language learning using email in a task−oriented perspective: Interuniversity experiments in communication and collaboration. *journal of Science Education and Technology, 4,* 565−584.

Heinich, Molenda, Russel, Sharon(1996). *Instructional Media and Technologies for Learning*, Englewood cliffs, NJ: ET Publications.

Kelm, O.(1992). The use of synchronous computer networks in second language instruction: A preliminary report. Foreign Language Annals, 25, 441−454.

Khan, B. H.(1997). Web−based instruction: What is it and Why is it? In B. H. Khan(ED), *Web −based instruction*. Englewood cliffs, NJ: ET Publications.

Mark Warschauer.(1995). *E −Mail for English Teaching: Bringing the Internet and Computer Learning Networks into the Language Classroom*. USA: TESOL.

Pratt, E., & Sullivan, N.(1994, March). *Comparison of ESL writers in networked and regular classrooms*. Paper presented at the 28th Annual TESOL Convention, Baltimore, MD.

Robert Heinich., Michael Molenda., James D. Russell., Sharon E. Smalcino. (1996). *Instructional Media and Technologies for Learning*. Prentice−Hall: New Jersey.

Tella, S.(1991). *Introducing international communications networks and electronic mail into foreign language classrooms*(Research Report No.95). Helsinki, Finland: University of Helsinki, Department of Teacher Education.

Wang, Y. M.(1993). *Emil dialogue journaling in an ESL reading and writing classroom*. Unpublished doctoral dissertation, University of Oregon Eugene.

Vivian Cook.(1996). *Second language learning and language teaching*. London: Edward Arnold.

스쿨넷(www.schoolnet.co.kr)

에듀넷(www.edunet4u.net)

에듀피아(www.edupia.com)

디그(www.dig.co.kr)

서울 디지털 대학(www.sdu.ac.kr)
서울 사이버 대학(www.iscu.ac.kr)
한국 디지털 대학(www.koreadu.ac.kr)

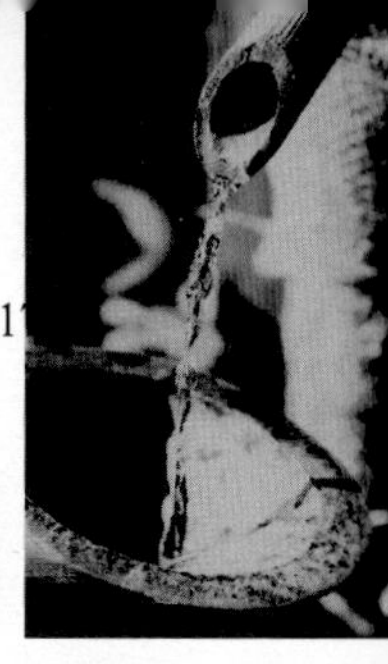

제 6 장

일본어 문제은행 구축을 위한 문항분석

──────── 〈要 旨〉 ────────

　より少ない項目及び小規模の受驗者標本を利用し、項目應答理論を適用した項目の質管理ができるのであれば、學校で實施されるテストの信頼度を高めながら、項目情報を活用した水準別テストの開發のために問題バンクの構築が可能であるものと期待される。

　よって、本研究は、一連の不の知識の本質を正確に測定するための評價と、そのような評價を構成する項目が、どのように開發され、補完されるべきか、等についての代案として、外國語科、特に日本語科を中心に、良質の問題バンクを構築するための項目應答理論を利用した項目分析について研究をするものである。

　そのため、問題バンクの項目の質管理のための項目應答理論の特徴及び標本數と適合度、そして關連した問題点を分析し、先行研究で提示されていた小規模被驗者標本についての項目應答理論適用の手順及びモデルによって、第七次高校日本語科に對する日本語初級能力を測定する教科專門家によって開發された20項目5肢選擇型によってなる計11のテストについての解答結果を分析した。

研究結果、20項目テストの、平均665名からなる標本の場合、3母數ロジスティックモデルが適用可能であることがわかる。

I. 연구의 필요성 및 목적

　2000년 초1, 2, 2001년 중1, 2002년 고1부터 적용되기 시작한 제7차 교육과정에서 중점을 두고 있는 교육방침은 '수준별 선택' 교육과정이다. 학습자의 수준에 따라 교육과정을 단계, 심화·보충, 과목 선택으로 나누도록 했다. 이는 학생의 능력, 적성, 필요, 흥미에 따른 개인차를 존중하고 학생 개개인의 학습 능력과 적성에 맞는 교육 내용 및 다양한 교육 기회를 제공하고 기초, 기본 교육의 충실로 학습 결손을 예방하기 위함이 그 도입 배경이다. 이를 위해 심화 과정과 보충 과정 학습에 대한 평가를 실시하되, 학교 실정에 따라 자체 계획을 수립하고 다양한 평가 방법을 활용하여 평가하도록 하고 있다. 물론 총점에 의한 성적, 전 학년 또는 전학기의 학업 성취도에 의해 줄 세우기를 했던 우열반 편성과는 달리 교과별 또는 단원별 학습 도달도, 학습 속도, 학생의 적성, 흥미, 진로 등 다양한 자료를 기준으로 학생을 평가하도록 하고 있다.

　하지만 제7차 교육과정은 계획 수립에서 시행에 이르기까지 많은 현장에서의 비판이 있었다(http://pds.ktu.or.kr, http://www.kfta.or.kr). 제7차 교육과정에 대한 주된 비판은 심화·보충 수준별 선택 교과를 위해 학교 실정에 따라 다양한 평가 방법을 활용하도록 하고 있지만 결국에는 우열반 편성으로 학생들의 위화감과 학습 무능감을 조성할 것이며, 학습자의 선택권이 확대되면서 교육의 상품화 및 자율의 확대가 아닌 시장논리의 지배에 의한 부익부 빈익빈의 확대가 가중된다는 점 등이다.

특히 큰 문제점은 심화·보충 수준별 선택을 위한 학교 실정에 맞는 다양한 평가 방법 및 평가 결과에 대한 신뢰도를 어떻게 확보할 것인 가이다. 제7차 교육과정은 학생들의 수준별 선택을 중요하게 보고 있지만, 학생들의 수준을 변별하기 위한 객관적인 근거에 대한 대안이 없다. 학생의 학업 성취에 관한 진단 즉, 일련의 불변하는 지식의 본질을 정확히 측정하기 위한 평가와 그러한 평가를 구성하는 문항을 어떻게 개발하고 보완할 것인지 등에 대한 근원적인 문제에 대한 대안이 제시되지 않은 채 시행되었으며 여전히 그 잡음은 그치지 않고 있다.

평가의 궁극적인 목적은 학습 능력과 교수 학습의 실태를 파악하고 이를 개선하기 위한 필수적인 절차로, 학습자에게는 학습 동기 유발 및 자기 진단을 통한 교정 단계를 제공하고, 교사에게는 학생들의 노력과 더불어 교사 자신의 노력을 진단할 수 있게 하고, 교육 행정가 또는 전문가에게는 교육과정이나 교과목에 따른 목표와 그 내용을 수정하거나 개정하는 중요한 자료로 활용함에 있다. 즉 객관적인 확인을 통해 학습자의 상태를 파악하고 보다 구체적이고 발전적으로 학습을 돕는 것이 평가이다. 뿐만 아니라 학습자는 평가를 통해 만나는 많은 문항들로부터 또 다른 학습을 하고 있다. 따라서 평가를 위해 제작되는 검사지의 구성 문항들은 평가하고자 하는 목적에 부합하는 가장 양질의 문항으로 구성되지 않으면 안 되며, 이를 위해 평가에 대한 객관성 및 신뢰도는 무엇보다 선행되어야 할 문제이다. 황정규(1998)에 의하면 검사를 통하여 인간의 특성이 평가된다는 사실에 비추어 볼 때 검사를 구성하는 문항은 매우 중요하므로, 문항을 제작하는 기본 원칙에 의해 제작되어야 할 것이며, 그 원칙에 의해 제작된 문항이라도 실제로 양질의 문항인지 분석해야 한다고 한다.

문항 분석 및 문항의 질 관리를 위한 문항 분석 이론으로 고전검사이론(classical test theory)과 문항반응이론(item response theory: IRT)이 있다. 고전검사이론은 적용과 해석이 용이하여 현재까지 널리 사용되고 있으나 검사 도구의 총점에 의하여 분석되는 이론으로 피험자 집단의 특성에 의존하는 단점이 있다. 문항반응이론은 피험자 응답 결과를 근거로 하여 문항 하나하나에 대한 통계적 분석 방법이 이용되기 때문에 집단이 달라져도 문항 모수가 불변하는 장점을 가지고 있다. 따라서 문항 질의 관리와 개선을 위해서는 문항반응이론에 근거한 문항분석이 필요하다고 판단된다.

문항반응이론의 현장 적용에는 몇 가지 문제점이 있다. 첫째 문항반응이론의 통계적 방법이 교과 전문가가 이해하기 매우 어려우며, 문항반응이론에 의한 분석이 가능한 프로그램이 개발되어 있지만 문항반응이론을 적용하기 위한 가정 검증,(Hambleton과 Swaminathan, 1985) 적합 모형 선택, 결과 분석 등 여전히 어려움이 있다.(황정규, 1998) 둘째, 모형 적합도 검증은 표본수에 민감하다.(Hambleton, 1989) 그러나 학교 현장에서 학생의 학업 성취에 대한 도달 및 미도달 진단을 위한 평가 등의 경우 학교 규모에 따라 100~500명 정도의 소규모 수험자 집단이 대부분이다. 또한 이들 평가가 대부분 선택형 문항으로 구성된 경우를 감안하면, 상당히 많은 수의 표본을 요구하는 3-모수 로지스틱 모형을 적용하여 문항 질 관리를 하기에는 표본의 한계가 있다. 셋째, 문항반응이론을 적용하기 위한 구체적 절차 및 모형에 대한 실제 데이터를 이용한 현장 적용 연구가 매우 부족하다. 정희영(2004)의 연구에 의하면 4지 선택형의 40항 검사지의 응답 결과를 3모수 로지스틱 모형으로 분석하기 위해서는 평균 300명의 수험자가 필요하다고 한다. 그러나 이 경우 문항수가 40문항으로 현행 수행평가 제2외국어과목의 총 출제 문항수인 30문항보다 많은 경우이다.

따라서 보다 적은 문항 및 소규모 수험자 표본을 이용하여 문항반응이론을 적용한 문항 질 관리를 할 수 있다면 단위 학교에서 실시되는 검사의 신뢰도를 높이면서 문항 정보를 활용한 수준별 검사지 개발을 위한 문제은행 구축이 가능할 것으로 기대된다. 이에 본 연구는 일련의 불변하는 지식의 본질을 정확히 측정하기 위한 평가와 그러한 평가를 구성하는 문항이 어떻게 개발되고 보완되어야 할 것인지 등에 대한 대안으로써, 외국어과 특히 일본어과를 중심으로 양질의 문제 은행 구축을 위한 문항반응이론을 이용한 문항 분석에 관한 연구를 하고자 한다.

연구를 위한 분석자료는 교과전문가들에 의해 개발된 문항 및 검사지에 대한 응답 결과이다. 일본어과 제7차 교육과정에서 사용되고 있는 총 12개 교과서 가운데 부산시내 고등학교에서 가장 많이 사용되고 있는 2개 교과서에 대한 진단 평가용 20문항 5지 선택형으로 구성된 총 11개 검사지에 대한 응답 결과이다.

본 연구는 크게 4부분으로 나누어진다. 첫째, 문제은행 문항 질 관리를 위한 문항반응이론의 특징 및 문제점을 분석한다. 둘째, 본 연구의 분석자료 및 연구 절차에 대해 알아본다. 셋째, 연구 방법 및 절차에 따른 문항 모수 추정 및 적합도 검증 등에 대한 실증적 연구를 수행하고 그 결과에 따른 논의를 한다. 넷째, 결론으로 연구 결과를 요약하고 일본어과 문제은행 구축을 위한 문항반응이론을 이용한 문항 분석에 대한 제언 및 향후 연구 방향을 제안한다.

II. 문항반응이론의 특징 및 문제점

검사를 구성하고 있는 문항을 중시하는 문항반응이론은 문항 하나하나마다의 특성을 나타내는 문항특성곡선에 의해서 분석되는 이론이다. 문항반응이론은 어떤 다른 검사 도구를 사용해도 공통의 척도상에서 능력 측정이 가능하고, 어떤 다른 피험자 집단에 실시해도 공통의 문항특성에 대한 모수치를 구할 수 있는 장점이 있다.

A. 문항반응이론의 가정

문항반응이론 모형이 설정되기 위해서는 검사지가 갖추어야 할 전제조건으로 지역독립성 가정(assumption of local independence)과 일차원성 가정(assumption of unidimensionality)이 필요하다. 지역독립성 가정은 피험자가 하나의 문항에 정답할 확률은 그 검사의 다른 문항에 정답할 확률에 영향을 미치지 않는다는 가정이다. 일차원성 가정은 검사문항은 단지 하나의 능력을 측정하는 것이 아니면 안 된다는 것이다.

지역독립성은 피험자 능력이 고정되어 있을 때를 전제로 하며, A문항이 B문항에 정확하게 응답할 수 있는 단서를 포함하거나, 응답을 돕는 정보가 제공될 때 유지되지 않는다. 또한 A라는 문항에 대해 어떤 수험자는 단서를 발견하고 어떤 수험자는 그렇지 못할 때, 단서를 발견하는 능력은 검사되는 능력과는 다른 차원이다. 따라서 일차원성의 가정도 위배된다. 다시 말해, 일차원성 가정이 충족될 때 지역독립성은 당연히 이루어진다. 그러나 지역독립성이 이루어졌다고 해서 반드시 일차원성 가정이 충족되지는 않는다.

선행연구에 의하면 검사가 일차원성을 만족하는지를 엄격하게 검증할 수 있는 검증 방법에 대한 연구가 다양하게 행해졌으나 모두가 동의하는 만족한 방법은 없는 실정이다.(Hattie, 1985, Stout, 1987) 신석기(1994)는 자료가 지닌 조건에 관계없이 자료의 일차원성 가정을 효율적으로 검증하는 방법은 사분상관계수행렬을 사용하는 선형적 요인분석방법과 Stout 방법이라고 밝히고 있다. 특히 정답은 1, 오답은 0으로 점수화되어 있는 문항 즉, 이분적인 문항들로 구성된 자료를 분석할 때는 사분상관계수행렬을 사용하는 것이 더욱 타당한 결과를 얻을 수 있다고 보고하고 있다.

B. 문항특성곡선

문항반응이론은 피험자가 가지고 있는 직접 관찰이 불가능한 잠재적 특성인 능력과 한 문항에 답을 맞힐 확률과의 함수적 관계를 통하여 문항 고유의 정보값을 구할 수 있다. 이는 피험자 능력 θ 에 따른 문항의 답을 맞힐 확률(능력이 가장 낮은

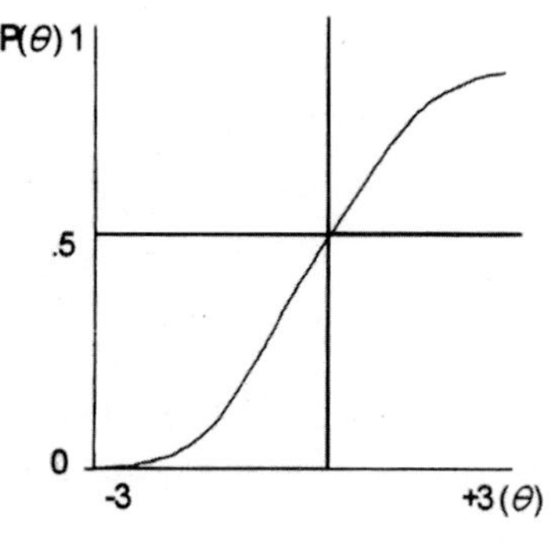

〈그림 1〉 로지스틱 함수

수준은 0에 가깝고 능력이 가장 높은 수준은 1.0에 접근한다)을 나타내 주는 <그림 1>과 같은 S자 형의 문항특성곡선(item characteristic curve) 으로 제시된다. 한 검사지 내의 각 문항은 각기 독특한 문항특성곡선 을 갖는다.

C. 문항반응이론의 모형

  문항반응이론 모형은 문항 점수가 0과 1로 채점되는 검사 문항에만 적용되며, 모형이 가지고 있는 모수 수에 따라 1-모수 로지스틱 모형 (1-parameter logistic model), 2-모수 로지스틱 모형(2-parameter logistic model), 3-모수 로지스틱 모형(3-parameter logistic model)의 3가지로 나뉜다.

  1-모수 로지스틱 모형은 다른 로지스틱 모형의 특수한 경우라고 생 각할 수 있다. 즉 모든 문항이 동일 문항변별도를 가지고 있고, 추측으 로 알아맞히는 것이 최소인 모형이다. 2-모수 로지스틱 모형은 모든 문항의 문항추측도를 고려하지 않고 문항난이도와 문항변별도만 고려 한다. 즉 모든 문항의 문항추측도는 0이고 각 문항들의 난이도와 변별 도가 다를 것이라는 가정을 전제로 한다. 3-모수 로지스틱 모형은 학 습자 추측을 고려한 모형이다. 능력이 없는 학습자라도 2지 선택형에 서는 0.5, 3지 선택형에서는 0.33, 4지 선택형에서는 0.25의 확률로 정 답할 가능성을 가지고 있다. 따라서 선택형 문항에서는 추측을 통 하여 정답을 획득할 수 있는 가능성이 존재하며, 선택형 문항을 분 석하기 위해서는 추측도를 포함하고 있는 3-모수 로지스틱 모형 의 적용이 적합하다.

단, Hambleton(1989)은 모형 적합도 검증은 표본수에 민감하며, 표본수가 적음과 동시에 모형 적합도의 통계량이 부적합함을 나타내는 경우에 모형이 자료와 적합하지 않고, 표본수가 많음과 동시에 모형 적합도의 통계량이 적합함을 나타내는 경우에만 모형이 자료와 적합하다는 것은 신뢰할 수 있다고 주장한다. 몇몇 선행연구에서 만족한 최대우도추정값을 얻기 위하여 필요한 검사 길이 및 표본수에 대한 가이드라인을 제시하고 있다. Wright와 Stone(1979)는 1-모수 로지스틱 모형에 대해서 적어도 20문항의 길이와 200명의 표본수를 사용할 것을 권하고 있다. Hulin 등(1982)은 적어도 2-모수 로지스틱 모형에 대해서는 30문항과 500명, 3-모수 로지스틱 모형에 대해서는 60문항과 1000명, Swaminathan과 Gifford(1983)는 20문항이라고 하는 짧은 검사는 1000명의 피험자라고 하는 표본이 주어질 때, 만족한 모형 모수 추정값을 얻을 수 있다고 보고하고 있다. 즉 지금까지의 선행연구 결과에 의하면 문항반응이론을 적용하기 위해서는 상당히 많은 수의 표본이 필요하다.

1. 1-모수 로지스틱 모형

1-모수 로지스틱 모형식의 형태는 다음과 같다.

$$P_j(\Theta) = \frac{1}{1 + \exp[-(\Theta - b_j)]}$$

여기서 b_j는 문항난이도 모수와 같은 것으로 문항 j의 문항특성곡선의 가로축, 즉 능력 척도상에서의 위치를 나타내는 것이다.

2. 2-모수 로지스틱 모형

2-모수 로지스틱 모형의 형태는 다음과 같다.

$$P_j(\theta) = \frac{1}{1 + \exp[-a_j(\theta - b_j)]}$$

여기서 a_j는 문항 j의 문항특성곡선의 기울기를 의미하며, 이를 문항의 변별도라고 한다. b_j는 앞서 1-모수 로지스틱 모형에서 제시한 문항난이도 모수이다.

3. 3-모수 로지스틱 모형

3-모수 로지스틱 모형의 공식은 다음과 같다.

$$P_j(\theta) = c_j + (1 - c_j) \frac{1}{1 + \exp[-a_j(\theta - b_j)]}$$

3-모수 로지스틱 모형에서의 난이도 b_j, 변별도 a_j는 2-모수 로지스틱 모형과 같이 해석한다. 다만 능력척도상의 $\theta = b_j$에서 정답할 확률이 0.5가 아니고 $(1 + c_i)/2$이며, $\theta = b_j$에 있어서 $P_j(\theta)$의 기울기는 $0.425 \times a_j(1 - c_i)$이다. c_j는 능력이 낮은 학습자 자료를 설명하기 위한 문항 추측도 모수이다.

Ⅲ. 연구 방법 및 절차

A. 분석자료

본 연구에 사용된 분석자료는 교과전문가들에 의해 개발된 문항 및 검사지에 대한 응답 결과이다. 즉 일본어과 제7차 교육과정에서 사용되고 있는 총 12개 교과서 가운데 부산시내 고등학교에서 가장 많이 사용하고 있는 2개 교과서에 대한 단원별 진단 평가용 검사이다. 검사지[7]는 20문항 5지 선택형으로 구성되어 있으며, 검사는 부산시내 6개 인문 고등학교 2학년 일본어 수업시간을 이용하여 실시되었다. 검사지수는 2개 교과서 총 11개이다. 이를 수험자수와 함께 표로 정리하면 다음과 같다.

〈표 1 분석자료〉

검사지	A교과서 수험자수	검사지	B교과서 수험자수
1	338명	7	726명
2	325명	8	732명
3	327명	9	618명
4	349명	10	801명

---

7) 검사지는 한자 읽기(2~3문항), 문법(4~5문항), 어휘(3~4문항), 의사소통
(3~4문항), 독해(3~4문항), 문화(2~3문항) 등과 관련된 일본어 초급 단계
의 의사소통 중심의 일반적 문항으로 구성되어 있다.

검사지	A교과서 수험자수	검사지	B교과서 수험자수
5	336명	11	450명
6	334명		

B. 연구 방법 및 절차

본 연구에서는 연구 방법 및 절차로 정희영(2004)의 문항반응이론을 이용한 문항 분석 관련 선행연구에서 제시하고 있는 <그림 2>과 같은 소규모 수험자 표본에 대한 문항반응이론적용 절차 및 모형에 따르고 자 한다. 단 본 연구는 수험자수가 300~800명대 수험자를 가지고 있 으며 5지 선택형의 문항으로 검사지 총 문항수가 20개이다.

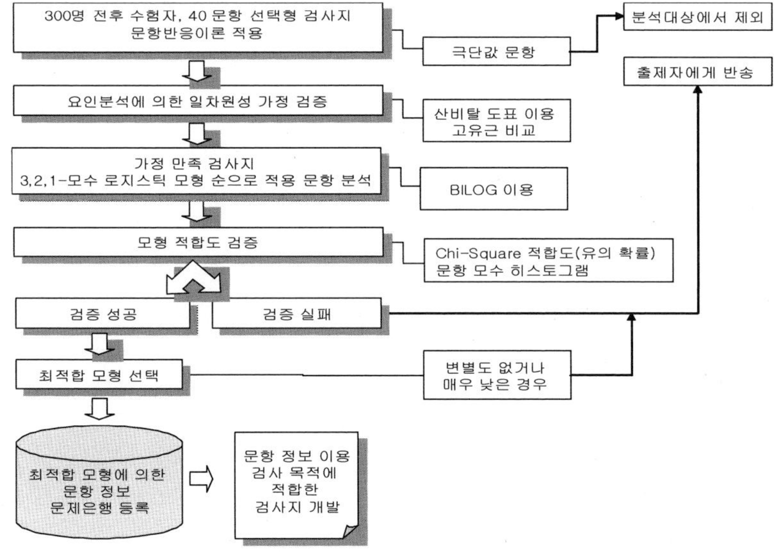

〈그림 2〉 소규모 수험자 집단에 대한 문항반응이론 적용

Ⅳ. 일본어과 문제은행 구축을 위한 문항분석 결과

A. 가정검증

분석자료에 대한 문항반응이론을 적용한 문항분석에 대한 실증적 연구에 있어서 일차원성 가정 검증 결과는 다음과 같다.

기술 통계 분석 결과 총 11개 검사지 모두 국외자 문항을 포함하는 검사지는 없었고 이에 11개의 모든 검사지에 대해 문항반응이론 적용을 위한 일차원성 가정 검증을 하였다. 검사 응답 결과가 01자료에 적합한 사분상관계수행렬에 의한 통계 프로그램 Mplus 1.02를 이용하여 요인분석을 하였다. 요인분석을 통해서 얻은 고유근을 엑셀2002를 이용하여 산비탈 도표를 그렸다. 산비탈 도표를 이용하여 완만한 하락 추세로 바뀌는 지점에서의 요인수를 구하였다[<그림 3> ~ <그림 12>].

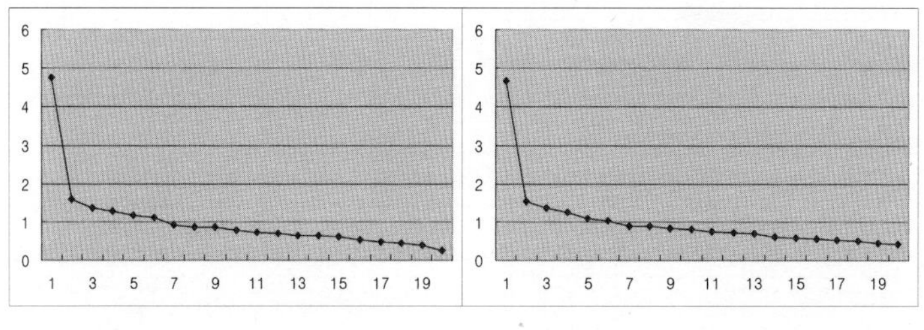

〈그림 3〉 1번 검사지   〈그림 4〉 2번 검사지

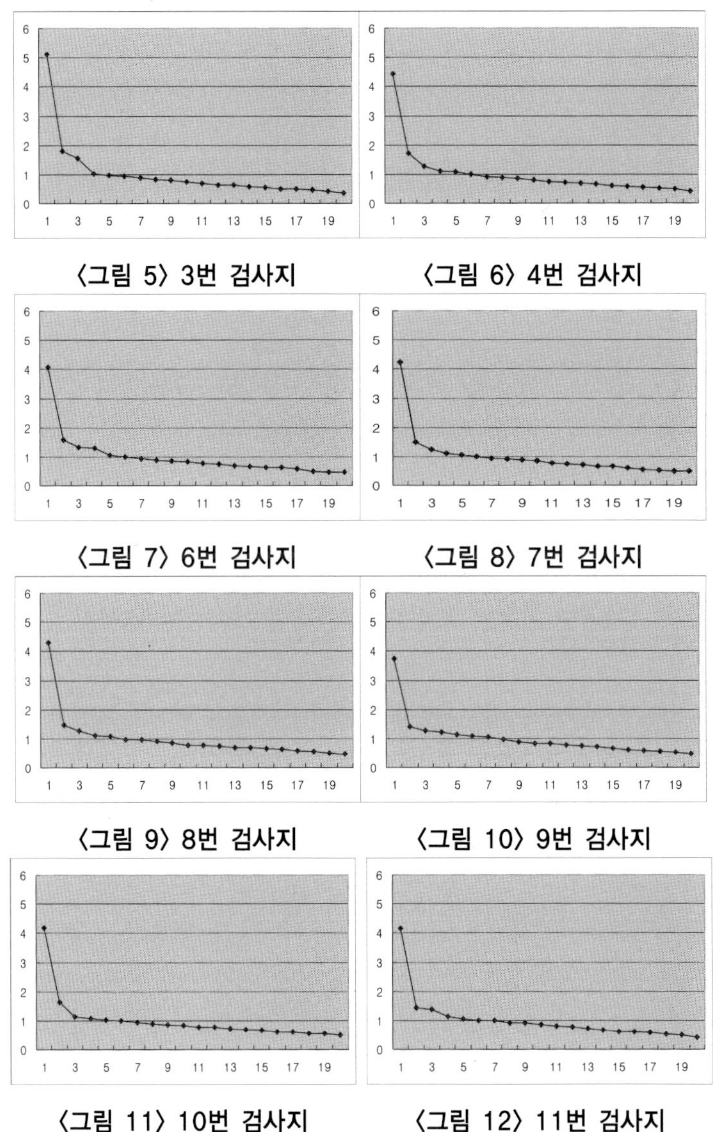

〈그림 5〉 3번 검사지   〈그림 6〉 4번 검사지

〈그림 7〉 6번 검사지   〈그림 8〉 7번 검사지

〈그림 9〉 8번 검사지   〈그림 10〉 9번 검사지

〈그림 11〉 10번 검사지   〈그림 12〉 11번 검사지

  11개의 검사지는 20문항 가운데 평균 5문항이 요인이 1 이상의 값을 가지고 있어 첫 번째 고유근과 두 번째 고유근의 비율이 충분히 큰가도 비교하였다. 그 결과 11개의 검사지는 모두 일본어 초급 능력 측정

이라는 일차원 가정을 만족하는 검사지로 분류되었다.

B. 문항분석

일차원성 가정이 검증된 검사지를 BILOGMG 3.0을 이용하여 3 - 모수 로지스틱 모형, 2 - 모수 로지스틱 모형 그리고 1 - 모수 로지스틱 모형을 각각 적용하여 문항분석을 하였다. 각 모형의 분석 결과 예는 <표 2>, <표 3>, <표 4>과 같다.

분석 결과, 3 - 모수, 2 - 모수, 1 - 모수 로지스틱 모형 모두에 11개 검사지 총 220문항 전부가 모형에 따른 문항 모수를 가졌다.

<표 2> 3 - 모수 로지스틱 모형에 의한 문항분석(1번 검사지)

| ITEM | INTERCEPT | SLOPE | THRESHOLD | DISPERSN | ASYMPTOTE | CHISQ | DF |
	S.E.	S.E.	S.E.	S.E.	S.E.	(PROB)	
ITEM0001	2.769	2.237	−1.238	0.913	0.212	4.8	5.0
	0.504*	0.622*	0.211*	0.254*	0.085*	(0.4415)	
	2.245	1.249	−1.797	0.781	0.210	4.0	6.0
	0.298*	0.273*	0.342*	0.171*	0.091*	(0.6719)	
	2.193	1.035	−2.119	0.719	0.188	12.6	7.0
	0.255*	0.210*	0.419*	0.146*	0.085*	(0.0818)	
생략 …							

〈표 3〉 2-모수 로지스틱 모형에 의한 문항분석(1번 검사지)

ITEM	INTERCEPT S.E.	SLOPE S.E.	THRESHOLD S.E.	DISPERSN S.E.	ASYMPTOTE S.E.	CHISQ (PROB)	DF
ITEM0001	2.869	1.813	−1.583	0.876	0.000	4.2	5.0
	0.372*	0.321*	0.152*	0.155*	0.000*	(0.5235)	
ITEM0002	2.515	1.167	−2.155	0.759	0.000	2.9	6.0
	0.261*	0.230*	0.308*	0.149*	0.000*	(0.8166)	
ITEM0003	2.437	1.010	−2.414	0.710	0.000	11.8	7.0
	0.219*	0.192*	0.388*	0.135*	0.000*	(0.1079)	
생략 …							

〈표 4〉 1-모수 로지스틱 모형에 의한 문항분석(1번 검사지)

ITEM	INTERCEPT S.E.	SLOPE S.E.	THRESHOLD S.E.	DISPERSN S.E.	ASYMPTOTE S.E.	CHISQ (PROB)	DF
ITEM0001	2.461	1.315	−1.872	0.796	0.000	2.7	6.0
	0.190*	0.039*	0.144*	0.024*	0.000*	(0.8420)	
ITEM0002	2.629	1.315	−2.000	0.796	0.000	9.2	6.0
	0.187*	0.039*	0.142*	0.024*	0.000*	(0.1651)	
ITEM0003	2.664	1.315	−2.027	0.796	0.000	8.9	7.0
	0.189*	0.039*	0.144*	0.024*	0.000*	(0.2611)	
생략……							

C. 모형적합도 검증

모형별로 모형 적합도 검증을 위하여, <표 5>, <표 6>, <표 7>과 같이 x^2값의 유의 확률이 0.05보다 작아서 모형과 적합하지 않은 문항을 모형별로 분류하여 제거하였다.

〈표 5〉 3-모수 로지스틱 모형에 부적합한 문항(3번 검사지)

ITEM	INTERCEPT S.E.	SLOPE S.E.	THRESHOLD S.E.	DISPERSN S.E.	ASYMPTOTE S.E.	CHISQ (PROB)	DF
ITEM0001	−0.301	0.936	0.321	0.683	0.234	9.1	9.0
	0.352*	0.254*	0.332*	0.185*	0.086*	(0.4306)	
ITEM0002	0.547	1.171	−0.468	0.760	0.191	2.8	8.0
	0.247*	0.247*	0.257*	0.160*	0.081*	(0.9443)	
ITEM0003	−0.366	1.442	0.253	0.822	0.226	3.5	8.0
	0.364*	0.383*	0.212*	0.218*	0.073*	(0.8966)	
생략 …							

〈표 6〉 2-모수 로지스틱 모형에 부적합한 문항(3번 검사지)

ITEM	INTERCEPT S.E.	SLOPE S.E.	THRESHOLD S.E.	DISPERSN S.E.	ASYMPTOTE S.E.	CHISQ (PROB)	DF
ITEM0001	0.323	0.686	−0.470	0.566	0.000	12.7	9.0
	0.119*	0.131*	0.184*	0.108*	0.000*	(0.1743)	
ITEM0002	0.928	1.005	−0.923	0.709	0.000	1.9	8.0
	0.141*	0.164*	0.165*	0.116*	0.000*	(0.9843)	
ITEM0003	0.317	0.920	−0.345	0.677	0.000	7.0	9.0
	0.125*	0.149*	0.137*	0.110*	0.000*	(0.6397)	
생략……							

〈표 7〉 1-모수 로지스틱 모형에 부적합한 문항(3번 검사지)

ITEM	INTERCEPT S.E.	SLOPE S.E.	THRESHOLD S.E.	DISPERSN S.E.	ASYMPTOTE S.E.	CHISQ (PROB)	DF
ITEM0001	0.377	1.230	−0.307	0.776	0.000	15.1	7.0
	0.120*	0.039*	0.097*	0.025*	0.000*	(0.0347)	
ITEM0002	0.990	1.230	−0.805	0.776	0.000	3.6	6.0
	0.134*	0.039*	0.109*	0.025*	0.000*	(0.7311)	
ITEM0003	0.345	1.230	−0.280	0.776	0.000	9.5	7.0
	0.125*	0.039*	0.101*	0.025*	0.000*	(0.2195)	
생략……							

총 11개 검사지 220문항 가운데 3-모수 로지스틱 모형에 적합한 문항은 192문항, 2-모수 로지스틱 모형에 적합한 문항은 194문항, 1-모수 로지스틱 모형에 적합한 문항은 169문항이었다. 총 220문항 가운데 208개 문항이 적어도 하나의 모형에서 적합한 모형으로 나타났으며, 12문항은 1-모수, 2-모수, 3-모수 로지스틱 모형의 그 어느 것과도 적합하지 않은 것으로 나타났다. 이상을 표로 나타내면 다음과 같다.

〈표 8〉 모형별 x^2값의 유의 확률 분석 결과

모형	총 문항수	적합 문항수	%
3-모수		192문항	87%
2-모수	220문항	194문항	88%
2-모수		169문항	77%

문항 모수를 적게 고려하는 모형일수록 문항 모수 추정과 피험자 능력 추정이 쉽지만 모든 문항의 문항변별도가 동일하지 않고 선택형 문항에서의 문항추측도가 존재할 경우에 1-모수 로지스틱 모형으로 문항 모수를 추정하는 것은 정확하지 않다.(성태제, 2001) 때문에 선택형 문항의 경우 3-모수 로지스틱 모형을 적용하여 문항을 분석할 때, 보다 정확한 문항 모수를 얻을 수 있다고 판단된다.

다만 수험자 수가 적은 표본의 경우에 가정 검증은 거의 기각되지 않지만 추정 오차가 크기 때문에 모형 모수 추정가의 이용은 신중하지 않으면 안 된다.(Hambleton, 1989) 따라서 추정된 모수를 이용하기 위해서는 추정의 표준오차(SE)도 고려되어야 한다. 예를 들어 <표 5>의 문항 1은 변별도가 0.936이며, 표준오차는 0.254이다. 이는 문항 변별도가 0.682에서 1.19 사이의 값을 가질 가능성이 68%이며, 이를 변별도 지수에 따른 언어적 표현[8])으로 바꾸면 1번 문항의 변별도는 신뢰구간 68%에서 '변별도가 적절한 문항'으로 분석된다. 같은 방법으로 문항 2는 난이도가 -0.468이며, 표준오차가 0.257이다. 이는 문항변별도가 -

0.725에서 -0.211 사이의 값을 가질 가능성이 68%이며, 이를 다시 난이도 지수에 따른 언어적 표현으로 바꾸면 2번 문항의 난이도는 신뢰구간 68%에서 '쉬운 문항'이며, -0.982에서 0.046 사이의 값을 가질 가능성은 95%이며, 이는 역시 난이도 지수에 따른 언어적 표현으로 바꾸면 신뢰구간 95%에서 '쉽거나 보통인 문항'으로 분석된다.

신뢰도는 높을수록 좋으며, 신뢰구간의 길이는 짧을수록 좋은데 표본의 크기가 고정되어 있을 때, 신뢰도를 높이면 신뢰구간의 길이가 길어지고, 역으로 신뢰구간의 길이를 짧게 하면 신뢰도가 낮아진다. 따라서 신뢰도를 고정시키고 신뢰구간의 길이를 짧게 하려면 표본의 크기를 크게 하여야 한다. 하지만 본 연구의 핵심은 표본의 크기가 작은 경우에 있어서 문항반응이론을 적용한 문항분석 가능성으로 문항에 따라서는 다소 신뢰구간이 68%로 짧은 경우가 있지만, 실제 데이터를 이용한 소규모 수험자 집단에 대한 적용 가능성 확인이라는 점에서 그 의의가 있다 하겠다.

---

8)

언어적 표현에 의한 문항반응이론의 난이도 범위	
난이도 지수	언어적 표현
-2.0 이하	매우 쉽다
-2.0~-.5	쉽다
-.5~.5	중간이다
.5~2.0	어렵다
2.0 이상	매우 어렵다

언어적 표현에 의한 문항반응이론의 변별도 범위	
변별도 지수	언어적 표현
.00	없다
.01~.34	거의 없다
.35~.64	낮다
.65~1.34	적절하다
1.35~1.69	높다
1.70 이상	매우 높다
+∞	완벽하다

1. 표본수와 모형 적합도 분석 결과

선택형 문항에 대한 실제 응답 자료를 적용한 본 연구의 결과는 1−모수 로지스틱 모형보다는 3−모수, 2−모수 로지스틱 모형이 적합한 것으로 분석되었지만, 3−모수 로지스틱 모형이 2−모수 로지스틱 모형보다 오히려 1% 적게 모형에 적합함을 보이고 있다. 모형적합도 검증 결과가 선행연구와 약간의 차이가 있어 보이는 것은 본 연구 역시 소규모 수험자 집단에 대한 분석이면서 선행연구보다 검사지를 구성하고 있는 문항수가 적었기 때문으로 분석된다. 이에 각 모형별 모형 적합도가 검증된 문항을 중심으로 검사지별, 모형별 적합 문항수와 표본수에 대한 빈도 비교를 통해 본 연구에 사용된 소규모 수험자 집단에 있어서 모형 적합도와의 관계를 규명해 보기로 하였다.

각 모형에 적합한 것으로 검증된 문항수의 비교·분석 결과는 <표 9>과 같으며, 분석 결과를 통해서 전체 문항 가운데 1% 높게 2−모수 로지스틱 모형이 3−모수 로지스틱 모형보다 적합한 것으로 분석된 이유를 규명할 수 있었다.

검사지 1번에서 6번까지의 표본수는 평균 335명이었으며, 7번에서 11번 검사지는 최하 450명, 최고 801명, 평균 665명으로 2배에 달하는 수험자 표본이었다. 1번에서 6번의 검사지는 평균 335명 수험자 표본에 20문항으로 구성된 검사지로, 40문항으로 구성된 검사지에 평균 300명의 수험자 표본을 가지고 있던 선행연구(정희영, 2004)보다 검사지 문항수가 50%나 적다. 일반적으로 구하고자 하는 모수의 수가 많을수록 표본수 및 문항수가 많아야 한다(Hambleton, 1989)는 점을 감안하면 1번에서 6번 검사지의 문항 분석 및 모형 적합도 분석 결과가 3−모수 로지스틱 모형보다 2−모수 로지스틱 모형에서 높은 것은 매우 당연하다고 분석된다.

즉 20개의 선택형 문항으로 구성된 검사지가 평균 335명으로 표본이 적은 경우, 모든 문항에 적합한 문항 모수를 추정하기는 어렵지만 3-모수 로지스틱 모형은 87.5%, 2-모수 로지스틱 모형은 91.6%의 문항에 있어서 적합한 문항 모수를 추정한 결과를 통해서 3-모수 로지스틱 모형보다는 2-모수 로지스틱 모형이 적합한 경우가 더 많음을 알 수 있다. 하지만 평균 665명으로 2배의 수험자 표본을 가진 경우에는 3-모수 로지스틱 모형의 경우 87%, 2-모수 로지스틱 모형의 경우 84%의 모형 적합도를 보임으로 3-모수 로지스틱 모형 쪽이 높았다.

단, 능력이 높은 피험자가 능력이 낮은 피험자보다 늘 정답에 응답할 확률이 높고, 어떠한 피험자든지 난이도가 높은 문항에서 난이도가 낮은 문항보다 정답할 확률이 높을 것이라는 두 가지 기대를 전제로 하는 1-모수 로지스틱 모형의 경우는 실제 자료를 적용한 결과, 선택형 문항의 실제 자료를 분석하기 위해서는 1-모수 로지스틱 모형의 적용에 있어서 신중할 필요가 있음을 재차 확인할 수 있었다.

<표 9> 표본수 및 모형별 적합 문항수

검사지	수험자수	3-모수	%	2-모수	%	1-모수	%
1	338명	17문항	85%	17문항	85%	16문항	80%
2	325명	16문항	80%	16문항	80%	16문항	80%
3	327명	19문항	95%	19문항	95%	15문항	75%
4	349명	14문항	70%	18문항	90%	14문항	70%
5	336명	20문항	100%	20문항	100%	18문항	90%
6	334명	19문항	95%	20문항	100%	18문항	90%
평균	335명	17.5문항	87.5%	18.3문항	91.6%	13.2문항	80.8%
7	726명	17문항	85%	17문항	85%	15문항	75%
8	732명	19문항	95%	20문항	100%	16문항	80%
9	618명	15문항	75%	14문항	70%	18문항	90%
10	801명	17문항	85%	16문항	80%	9문항	45%
11	450명	19문항	95%	17문항	85%	14문항	70%
평균	665명	17.4문항	87%	16.8문항	84%	14.4문항	72%

D. 최적합 모형 선택

각 모형의 적합도가 확인된 문항에 대한 최적합 모형은, 표본이 적은 경우는 검사지별이 아닌 문항별로, 선택형 문항을 분석하기에 적합하며 가장 많은 문항 모수에 대한 정보를 구할 수 있는 모형인 3-모수 로지스틱 모형에의 적용을 시작으로 2-모수, 1-모수 로지스틱 모형 순으로 선택하도록 한다. 피험자의 응답에 근거한 문항반응이론의 적용 결과는, 1-모수 로지스틱 모형의 경우 난이도 모수만 구할 수 있다고 해도, 출제자 부여 난이도보다는 객관적인 문항 정보가 될 수 있기 때문이다.(정희영 2004)

하지만 본 연구에서의 문항 분석 및 모형 적합도 검증 결과는 20문항으로 구성된 검사지의 경우 표본수에 따라서 적합한 문항 빈도수가 달라짐을 확인할 수 있었다. 즉 평균 335명일 경우는 2-모수 로지스틱 모형에 그리고 평균 665명일 경우는 3-모수 로지스틱 모형에 적합한 문항이 많았다.

이에 2-모수 로지스틱 모형에 적합한 문항 빈도수가 조금 더 많더라도 선택형 문항에서의 3-모수 로지스틱 모형 적용을 위한 당위성을 확보할 필요가 있다고 판단되었다. 이를 위하여 각각의 모형에 적합한 것으로 분석된 문항들 가운데 공통문항을 이용하여 모수 불변성을 검증하였다.

1. 모수 불변성 검증

3-모수 및 2-모수 로지스틱 모형에 의해 분석된 문항들의 모수 불변성을 검증하기 위하여 3-모수 및 2-모수 로지스틱 모형에 적합한

것으로 분석된 문항 가운데 2회 반복 출제된 12개의 공통 문항들의 모수를 중심으로 Baker(1985)와 성태제(1998)가 분류하고 있는 각각의 모수치에 대응하는 언어적 표현 범위에 근거하여 모수 불변성을 검증하였다. 그 결과는 <표 10>~<표 13>와 같다.

<표 10>~<표 12>에 의하면 12개의 공통 문항 가운데 3-모수 로지스틱 모형의 경우 0변화는 없었다. 1변화는 9개이며 2변화는 3개였다. 2-모수 로지스틱 모형의 경우 0변화 2개, 1변화 5개, 2변화 5개였다. 공통문항의 반복횟수가 2회로 충분한 변화를 관찰하기는 어려웠지만 변화를 보인 문항들도 문항 모수가 쉬운 문항과 매우 쉬운 문항 혹은 변별도가 높거나 매우 높은 문항 등, 근소한 차이를 보이고 있으며, 0에서 1변화까지를 본다면 적합한 문항수가 많았던 2-모수(56%)보다는 오히려 3-모수(75%)가 변화의 폭이 적음을 알 수 있다. 즉 선택형 문항의 경우 수험자 표본이 적을 경우 3-모수 로지스틱 모형의 적용이 용이하지는 않지만, 3-모수 로지스틱 모형에 의해 분석되고 모형과의 적합성이 확인된다면 수험자 표본이 적어도 3-모수 로지스틱 모형의 적용이 타당함을 보여주는 결과라고 판단된다.

요컨대, 본 연구는 평균 335명과 평균 665명의 소규모 수험자 집단에 대한 문항반응이론의 적용이었지만, 75%의 공통 문항이 3-모수 로지스틱 모형에 의하여 추정된 모수가 안정적임을 보여줌으로, 표본이 적은 검사지에 대한 문항반응이론의 최적합 모형 선택에 대해 시사하는 바가 크다. 즉 피험자 가운데 불성실한 응답으로 자료의 잡음을 초래하거나, 문항제작 기본수칙을 지키지 않아 문항이 질적 문제를 가지고 있거나, 검사의 성취에 영향을 주는 검사 수행과 관련된 여러 가지 요인 등, 현장의 실제 자료들의 특징을 감안하더라도, 선택형 검사지에 대한 최적합 모형은 3-모수, 2-모수, 1-모수 로지스틱 모형 순이 되어야 함을 재차 확인한 결과라고 판단된다.

〈표 10〉 3-모수 로지스틱 모형 불변성 검증 결과

검사지 -문항수	표본수	문항반응이론	
		변별도	난이도
1-1	338	2.237 매우 높다	-1.238 쉽다
7-1	728	1.337 높다	-2.342 매우 쉽다
1-2	338	1.249 적절하다	-1.797 쉽다
7-2	728	0.944 적절하다	-2.911 매우 쉽다
1-4	338	1.998 매우 높다	-1.393 쉽다
7-13	728	1.769 매우 높다	-2.553 매우 쉽다
1-5	338	1.042 적절하다	-2.475 매우 쉽다
7-14	728	1.396 높다	-2.241 매우 쉽다
2-9	325	1.594 높다	-1.655 쉽다
8-20	577	1.099 적절하다	-0.023 중간이다
2-14	325	1.364 높다	-0.942 쉽다
8-17	577	2.203 매우 높다	-1.130 쉽다
2-15	325	1.258 적절하다	-0.692 쉽다
8-18	577	1.920 매우 높다	-1.848 쉽다
2-20	325	1.227 적절하다	-0.537 쉽다
9-1	618	0.967 적절하다	-4.878 매우 쉽다
3-1	327	0.936 적절하다	0.321 중간이다
7-18	728	2.017 매우 높다	-1.179 쉽다
4-1	349	12.723 매우 높다	0.073 중간이다
10-14	802	2.505 매우 높다	-0.480 쉽다
4-11	349	1.335 적절하다	-0.956 쉽다
10-18	802	1.522 높다	-1.498 쉽다
4-20	349	12.723 매우 높다	0.073 중간이다
10-17	802	1.711 매우 높다	-1.284 쉽다

〈표 11〉 3-모수 로지스틱 모형 불변성 검증 결과 분석

변화	문항수	비율
0변화[9]	0문항	0%
1변화[10]	9문항	75%
2변화[11]	3문항	25%
합계	12문항	100%

---

9) 공통 문항들이 언어적 표현 범위 내에서 모수의 차이가 없는 경우, 즉 불변하는 경우.

〈표 12〉 2-모수 로지스틱 모형 불변성 검증 결과

검사지 -문항수	표본수	문항반응이론			
		변별도		난이도	
1-1	338	1.813	높다	-1.583	쉽다
7-1	728	1.311	높다	-2.583	매우 쉽다
1-2	338	1.167	적절하다	-2.155	매우 쉽다
7-2	728	0.926	적절하다	-3.252	매우 쉽다
1-4	338	1.784	높다	-1.657	쉽다
7-13	728	1.842	높다	-2.602	매우 쉽다
1-5	338	1.037	적절하다	-2.731	매우 쉽다
7-14	728	1.407	높다	-2.399	매우 쉽다
2-9	325	1.573	높다	-1.833	쉽다
8-20	577	0.895	적절하다	-0.465	중간이다
2-14	325	1.242	높다	-1.261	쉽다
8-17	577	2.031	매우 높다	-1.324	쉽다
2-15	325	1.167	적절하다	-0.987	쉽다
8-18	577	1.846	높다	-2.042	매우 쉽다
2-20	325	1.079	적절하다	-0.923	쉽다
9-1	618	0.970	적절하다	-5.093	쉽다
3-1	327	0.686	적절하다	-0.470	중간이다
7-18	728	1.691	높다	-1.495	쉽다
4-1	349	1.144	적절하다	-2.970	매우쉽다
10-14	802	1.908	높다	-0.783	쉽다
4-11	349	1.336	적절하다	-1.219	쉽다
10-18	802	1.454	높다	-1.752	쉽다
4-20	349	0.875	적절하다	-0.259	중간이다
10-17	802	1.547	높다	-1.590	쉽다

〈표 13〉 2-모수 로지스틱 모형 불변성 검증 결과 분석

변 화	문항수	비 율
0 변화	2문항	16%
1 변화	5문항	42%
2 변화	5문항	42%
합 계	12문항	100%

---

10) 공통 문항들이 난이도 혹은 변별도 가운데 하나만 차이가 있는 경우(차이
가 하나).

11) 공통 문항들이 난이도와 변별도가 각각 하나씩 차이가 있거나 난이도는
일치하는데 변별도가 위아래로 하나씩 차이가 있는 경우(차이가 둘).

V. 결 론

　본 연구는 학생의 학업성취에 관한 진단, 즉 일련의 불변하는 지식의 본질을 정확히 측정하기 위한 평가와 그러한 평가를 구성하는 문항이 어떻게 개발되고 보완되어야 할 것인지 등에 대한 대안으로써, 외국어과 특히 일본어과를 중심으로 양질의 문제 은행 구축을 위한 문항반응이론을 이용한 문항 분석에 관한 연구를 하였다.

　이를 위하여 문제은행 문항 질 관리를 위한 문항반응이론의 특징 및 표본수와 적합도와 관련된 문제점을 분석하였고, 선행연구에서 제시하고 있는 소규모 수험자 표본에 대한 문항반응이론 적용 절차 및 모형에 따라 제7차 고등학교 일본어과에 대한 일본어 초급 능력을 측정하는 교과전문가에 의해 개발된 20문항 5지 선택형으로 구성된 총 11개 검사지에 대한 응답 결과를 분석하였다.

　연구 결과를 토대로 다음과 같은 결론을 구할 수 있었다.

　첫째, 20개의 선택형 문항으로 구성된 검사지가 평균 335명으로 표본이 적은 경우, 모든 문항에 적합한 문항 모수를 추정하기는 어렵지만 3－모수 로지스틱 모형보다는 2－모수 로지스틱 모형이 적합한 경우가 더 많다. 하지만 공통문항을 이용한 모수 불변성 검증 결과 2－모수 로지스틱 모형보다 3－모수 로지스틱 모형이 안정적인 것으로 분석되었다. 이는 선행연구에서 지적하였듯이 선택형 문항에 대한 분석은 검사지를 구성하는 모든 문항에 대한 분석은 어렵더라도 문항의 추측도를 고려한 3－모수 로지스틱 모형이 적합함을 확인하는 결과라 하겠다.

둘째, 따라서 소규모 수험자 집단의 경우, 피험자 가운데 불성실한 응답으로 자료의 잡음을 초래하거나, 문항제작 기본수칙을 지키지 않아 문항이 질적 문제를 가지고 있거나, 검사의 성취에 영향을 주는 검사 수행과 관련된 여러 가지 요인 등, 현장의 실제 자료들의 특징을 감안하더라도, 선택형 검사지에 대한 최적합 모형은 3-모수, 2-모수, 1-모수 로지스틱 모형 순이 적용되어야 한다고 판단된다. 다만 추정된 모수치의 이용을 위해서는 모수치의 표준오차를 고려해야 하는데, 소규모 수험자 집단에 대한 문항반응이론 적용의 경우 신뢰도 구간이 짧다.

셋째, 20문항 검사지 평균 665명의 표본인 경우, 3-모수 로지스틱 모형이 적용 가능함을 알 수 있었다. 그러나 이는 반드시 검사지를 구성하는 모든 문항에 대한 불변하는 모수를 추정할 수 있음을 의미하는 것은 아니다. 20개의 문항으로 구성된 선택형 검사지에 대한 소규모 수험자 집단에 의한 실제 응답 자료의 3-모수 로지스틱 모형에 의한 분석에 있어서 비교적 안정적인 모수 추정이 가능함을 의미한다.

참고문헌

교육부(1997). **고등학교 교육과정(Ⅰ)**. 서울: 대한교과서.

교육부(1997). **외국어과 교육과정(Ⅰ)(Ⅱ)**. 서울: 대한교과서.

김경희(1992). **문항수, 문항난이도, 문항변별도 변화에 따른 신뢰도 계수와 검사 정보 함수의 변화**. 이화여자대학교 대학원 석사학위 논문.

김준호(1990). **고전검사이론과 문항반응이론에 의한 대입학력고사 문항 분석**. 연세대학교 대학원 석사학위 논문.

박순옥(1989). **고전검사이론과 문항반응이론의 문항분석 연구**. 연세대학교 대학원석사학위 논문.

백순근·채선희(1998). **컴퓨터를 이용한 개별적응검사**. 서울: 원미사.

성태제(1991). **문항반응이론 입문**. 서울: 양서원.

성태제(1998b). **문항제작 및 분석의 이론과 실제**. 서울: 학지사.

성태제(2001). **문항반응이론의 이해와 적용**. 서울: 교육과학사.

송미영·이연우·김성호(1995). 문항 반응이론에서 모수 불변성 및 피험자 능력모수의 재고찰과 고전 검사이론에서 총점방식의 위험성. **교육평가연구**, 제8권 제1호.

안창규(1987). 교육 및 심리 검사에 있어서 문항반응이론의 성격과 그 적용성. 교육평가**연구**. 제2권 제2호.

안창규(1990). 검사의 신뢰도를 높이기 위한 문항선정기준에 관한 연구. **부산대학교 학생생활연구소 연구보** 제25집.

이종성 역(1997). **문항반응이론과 응용**. 서울: 대광문화사.

정희영·윤애선·손건태(2002). CBT 시스템에서의 신뢰도 높은 문제 은행 구축을 위한 문항 분석 방법. **한국인지과학회 춘계학술대회**.

정희영(2004). **컴퓨터 기반 검사에서 소규모 수험자 집단에 대한 문항반응이론 적용 연구**. 부산대학교 대학원 박사학위 논문.

지은림·채선희(2000). **Rasch모형의 이론과 실제**. 서울: 교육과학사.

황정규(1998). **교육측정 평가의 새지평**. 서울: 교육과학사.

황정규(1999). **학교학습과 교육평가**. 서울: 교육과학사.

大友賢二(1996). 問項應答理論入門. 東京: 大修館書店.

高橋正視(2002). 項目反応理論入門. 東京. イデア出版局. 255p.

渡波直登·野口裕之(1999). **組織心理測定論－項目反応理論のフロンティア**. 東京: 白桃書房. 348p.

大友賢二(1996). **問項應答理論入門**. 東京: 大修館書店. 313p.

森敏昭·秋田喜代美(2000). **教育評価－重要用語300の基礎知識**. 東京: 明治図書. 316p.

野口裕之(編)(1992). Hambleton, R. S. 項目応答理論の基礎と応用. R. L. Linn編. **教育測定學 上卷**. C. S. L. 學習評価研究所. 469p.

豊田秀樹(2002). **項目反応理論(入門編)**. 東京: 朝倉書店. 177p.

豊田秀樹(2002). **項目反応理論(事例編)**. 東京: 朝倉書店. 181p.

芝祐順, 渡部洋, 石塚智一(編)(1984). 統計用語辭典. 東京: 新曜社. 266p.

Baker, F. B.(1985). *The Basic of Item Response Theory*. Portsmouth, NH.: Heinemann.

Baker, F. B.(1992). *Item Response Theory:* parameter estimation techniques. NY: Marcel dekker Inc.

Hattie, J. A.(1984). An empirical study of various indices for determining unidimensionality. *Multivariate Behavioral Research, 19*. pp.49−78.

Hattie, J. A.(1985). Methodology review: Assessing unidimensionality of tests and items. *Applied Psychological Measurement, 9*, pp.139−164.

Hambleton, R. K.(1985). *Item Response Theory*. USA: Kluwer−Nijhoff Publishing. 332p.

Hambleton, R. K.(1989). Principles and selected applications of item response theory. *Educational Measurement, 3th,* American Council on Education.

Hambleton, R. K., Cook, L. L.(1977). Latent trait models and their use in the analysis of educational test data. *Journal of Educational Measurement, 14,* pp.75−96.

Hambleton, R. K., Swaminathan, H.(1985). *Item response theory: Principle and Applications*, Boston: Kluwer Academic Publishers.

Hambleton, R. K., Swaminathan, H., Rogers. J.(1991). *Fundamentals of Item Response Theory*. California: SAGE. 173p.

Hambleton, R .K., Traub, R. E.(1973). Analysis of empirical data using two logistic latent trait models. *British Journal of Mathematical and Statistical Psychology, 26,* p.195−211.

Hulin, C. L., Lissak, R. I., Drasgow, F.(1982). Recovery of two−and three−parameter logistic item characteristic curves: A monte carlo study. *Applied Psychological Measurement, 6,* pp.249−260.

Rasch, G.(1960). *Probabilistic Models for some Intelligence and Attainment Tests.* Copenhagen: Danish Institute for Educational Research.

Stout, W.(1987). A nonparametric approach for assessing latent trait unidimensionality. *Psychometrika, 52,* pp.582−617.

Swaminathan, H., Gifford, J. A.(1983). Estimation of parameters in the three−parameter latent trait model. In D. Weiss(Ed.), *New horizons in testing.* NY: Academic Press. pp.9−30.

Wright, B. D., Stone, M. H.(1979). *Best Test Design.* Chicago; MESA Press.

Wright, B. D., Bell, S. R.(1984). Item Banks: What, Why, How, *Journal of Educational Review, 3 −1,* pp.281−288.

Yen, W. M.(1981). Using simulation results to choose a latent trait model. *Applied Psychological Measurement, 5,* pp.245−262.

http://www.cbttoefl.co.kr/index.asp.

http://www.moe.go.kr/EduCurri/main.php

http://pds.ktu.or.kr

http://www.kfta.or.kr

제 7 장

일본어 수업 설계를 위한 학습자의
필요분석에 대한 연구

──────── 〈要 旨〉 ────────

　本研究は、授業設計の出發点とし、學習者のニーズに關する調査、及び分析の必要性を強く感じ、2004年現在、高校1學年の日本語學習者(2005年から日本語を、教育課程上、開始する學年)を對象として、ニーズ分析についての研究を、質問紙を持ちいて實施した。これは第7次教育課程の公布当時である1997年とは異なる學習者の意識、及び實体を把握するために、本格的に實施されている第7次教育課程の現場への適用、及び、活性化のための授業設計の根據を準備するためであると同時に、意図的で計畫的な授業設計の出發点としての學習者のニーズ調査についての重要性を認識し、學校現場での活用可能なガイドラインを提案するものである。その結果、第七次教育課程が本格化した2004年現在の高校1學年は、3名のうち1名が日本語關連の先行學習を通して、文字及び簡単なあいさつや會話が可能であり、大部分の學生たちが一般的なコンピュータを使用する能力を備えている。これらは日本語よりも日本文化、特に現代文化、とりわけ漫畫やアニメーション等に關心が高く、日本語を入力するなどの日本語關連のコンピュータ使用の経驗は、たいへん低いものと分析される。

Ⅰ. 연구목적 및 필요성

2000년 초1, 2, 2001년 중1, 2002년 고1부터 적용되기 시작한 제7차 교육과정은 2004년 고등학교 전(全) 학년에 전면 실시되면서 그야말로 본격적인 제7차 교육과정시대를 개막했다. 전체적으로는 수준별, 선택별, 수요자 중심 교육과정을 중요 요지로 하며, 일본어를 비롯한 제2외국어 교과에 있어서는 의사소통 중심 교육과정이 그 두드러진 특징이다. 때문에 구조 실러버스에 기초한 5, 6차 교육과정의 교과서와는 완전히 다른 의사소통 중심의 기능(인사, 감사, 부탁, 사양 등) 실러버스를 대부분의 교과서에는 채택하고 있다. 이는 학습자들에게 정확성보다는 유창성에 중심을 두고 일본 문화 등을 바탕으로 일본을 보다 폭넓게 이해하고 일본인과의 간단한 의사소통이 가능하도록 중심을 두고 있는 교육과정 전체 목표를 반영한 결과이다.

그러나 7차 교육과정의 시행은 학교 현장에서 많은 잡음을 낳았다. 그 예로 그동안 구조 실러버스에 익숙해 있던 교사들은 의사소통 중심의 수업 진행에 있어서 달라진 교수법 및 교수 매체 사용에 문제가 많다. 또한 학습자들은 이미 초, 중학교에서 열린 교육을 받아온 세대로서, 강의식 수업, 입시 위주의 수업에 익숙한 기존의 학생들과는 수업에 임하는 출발점이 달랐다. 특히, 1997년 초안을 잡을 당시 7차 교육과정의 대상이 되었던 고등학생들과 2004년 현재의 고등학생들은 인지적, 정의적인 면에서 매우 다른 출발점을 가지고 있다. 이미 초등학교와 중학교를 거치면서 특기적성교육의 일환으로 일본어에 대한 선행학습의 경험이 있는 학생들을 비롯하여, 2004년 1월 1일부터 제4차 일본대중문화개방이 시작되면서 학생들의 일본, 일본 문화, 일본어에 대한 관심은 더욱 다양하고 폭넓게 달라지고 있다. 그럼에도 불구하고 학교 현장에서는 이러한 수요자에 대한 정확한 필요 분석 없이 수업이 설계, 진행되고 있는 것 또한 사실이다.

수업 설계의 출발점이 되는 것은 학습자의 필요분석(needs analysis)이다. 필요라는 말은 소비자의 필요에 의한 상품개발, 국민의 필요에 맞는 교육개혁이라고 말하듯이 일상생활 속에서 자주 듣는 말이다. 일본어교육에 있어서 필요(needs)란 학습자에게 필요한 일본어를 말하고, 학습자 필요분석(needs analysis)이란 학습자에게 필요한 일본어를 명확하게 하는 프로그램을 말한다. 학습자의 필요분석(needs analysis)은 필요(needs)조사, 준비도(readiness)조사 등의 조사 결과에 기초로 해서 이루어진다.

본 연구는 수업 설계의 출발점으로서 수요자의 필요에 대한 조사 및 분석의 필요성을 절감하고 2004년 현재 고등학교 1학년 일본어 학습자(2005년 일본어를 교육과정상 학습하기 시작하는 학년)를 대상으로 필요 분석에 대한 연구를 질문지법을 이용하여 실시하고자 한다. 이는 제7차 교육과정의 공포 당시인 1997년과 달라진 학습자들의 의식 및 실태를 파악함으로써 본격적으로 실시되고 있는 제7차 교육과정의 현장 적용 및 활성화를 위한 수업 설계의 근거를 마련하기 위함과 동시에 의도적이고 계획적인 수업 설계의 출발점으로써의 학습자의 필요분석에 대한 중요성을 인식하고 학교 현장에서 활용 가능한 가이드라인을 제안하고자 함이다.

II. 고등학교 일본어 학습자의 필요분석

제7차 일본어 교육과정의 교과 목표는 지금까지의 교육과정이 가지던 듣고, 쓰고, 말하고, 읽는 일본어 그 자체에 대한 언어적 능력만을 목표로 하지 않는 점이 가장 큰 특징이다. 언어적 목표보다는 언어 외적인 것, 즉 일본어를 학습하려는 태도, 자세, 마음가짐을 비롯하여, 모어 이외의 언어를 이용하여 정보화 시대에 대응할 수 있는, 그래서 국제인으로서의 기본적 소양을 기르고자 하는 데 그 목표가 있다.

교수 학습 방법에 대한 제7차 교육과정에서의 가장 큰 변화는 멀티미디어 시설을 이용한 교수법의 권장과 인터넷 체험 등을 들 수 있다. 이는 넘쳐나는 지식의 홍수 속에서 과거 양적 지식의 교수 학습 방법에서 정보화 시대로 새로운 천년을 준비해야 하는 질적 지식을 위한 기초 과정이다. 즉 학교 현장에서부터 정보 검색 능력의 보편화로 교사 일방적인 교수가 아니라 학생 스스로 자발적으로 수업에 임하며, 그것이 외국어 학습에 있어서도 학생 스스로 한 언어를 체득하고 발견하도록 하는 것이다. 따라서 교사는 조언자이며, 충고자의 역할을 한다.

이에 본 연구에서는 이상의 제7차 고등학교 일본어 교육과정의 기본 목표 및 교수 학습 방법에 근거한 수업 설계를 위하여 출발점으로써 학습자의 필요분석을 하였다. 연구 방법은 질문지법을 이용하여 실시하였다. 분석 내용은 일반적 분석, 준비도 분석, 일본어 필요 및 학습 양식 분석, 컴퓨터 관련 준비도 분석으로 나누어 본 연구자가 개발한 질문지를 이용하였다. 질문지 구성 내용은 <표 1>과 같다.

조사 대상은 부산광역시에 소재하고 있는 고등학교로 한정하고, 인문계 고등학교 5개 교, 그리고 이들 고등학교는 각각 남녀 공학 2개 교, 남자고등학교 2개 교, 여자고등학교 1개 교로 분류하여, 1학년 학생들을 대상으로 2004학년도 2학기 10월 중에 실시되었다.

〈표 1〉 일본어 학습자 분석 질문지 구성 내용

내 용	세부 내용	비 고
일반적 분석	1. 성별 2. 현 거주지	
준비도 분석	1. 일본어 선행학습 경험유무 1.1 학습 기간 1.2 학습 방법 1.3 학습 내용 1.4 일본어 능력 2. 일본 여행 경험 유무 2.1 여행 이유 2.2 여행 기간	문법, 어휘 등의 언어적 준비도 중심
일본어 필요 및 학습 양식 분석	1. 일본어 학습 이유 2. 관심 분야 3. 희망 수업 내용 4. 한일 관계사 수업 5. 일본 문화 관련 5.1 전통문화 5.2 현대문화	
컴퓨터 관련 준비도 분석	1. 컴퓨터 사용 시간 2. 컴퓨터 사용 능력 3. 일본어 관련 컴퓨터 사용 능력	

III. 설문 결과 분석

제7차 고등학교 일본어 교육과정의 기본 목표 및 교수 학습 방법에 근거한 일본어 수업 설계를 위하여 학습자의 필요분석을 위한 설문은 일본어 담당 교사의 지도 아래, 고등학교 1학년 학생들을 대상으로 30분 동안 진행되었다. 그 결과는 다음과 같다.

A. 일반적 분석

응답자에 대한 일반적 분석은 성별 및 현 거주지 등에 대한 조사를 하였다. 그 결과 남여 응답자 비율은 <표 2>와 같다. 총 446명 가운데 남학생은 188명으로 42%였으며, 여학생은 258명으로 58%였다.

<표 2> 남여 응답자 비율

남	여	합 계
188명(42%)	258명(58%)	446명(100%)

현 거주지에 대한 조사 결과는 <표 3>으로, 금정구, 기장군, 사상구 순으로 분석되었다. 이는 설문에 응한 학교의 소재지와 관계가 있는 것으로

분석에 응한 학생들의 일반적 상황에 대한 자료로만 활용하기로 했다.

〈표 3〉 현 거주지

지역명	인원수	지역명	인원수
금정구	96(22%)	해운대구	10(2%)
기장군	86(19%)	동래구	4(1%)
부산진구	48(10%)	연제구	3(1%)
사상구	66(15%)	남 구	3(1%)
수영구	8(2%)	북 구	3(1%)
사하구	108(24%)	기 타	11(2%)

B. 준비도 분석

　먼저 미시적 의미에서의 학습자가 이미 습득하고 있는 일본어 능력에 대한 준비도를 조사하였다. 일본어 선행학습 경험의 유무에 대한 응답 분석 결과, 고등학교 입학 전 일본어 학습 경험이 있는 학생은 전체 446명 가운데 148명으로 33%의 학생들이 일본어에 대한 학습 경험이 있었다. 제7차 교육과정에서의 한 학급수를 30명에서 35명으로 볼 때, 3명 가운데 1명은 일본어에 대한 선행학습 경험이 있다고 분석된다. 즉 한 반 30명 가운데 10명은 일본어 학습 경험이 있는 학생들이다.

〈표 4〉 일본어 선행학습 유무

예	아니요	합 계
148(33%)	298(67%)	446(100%)

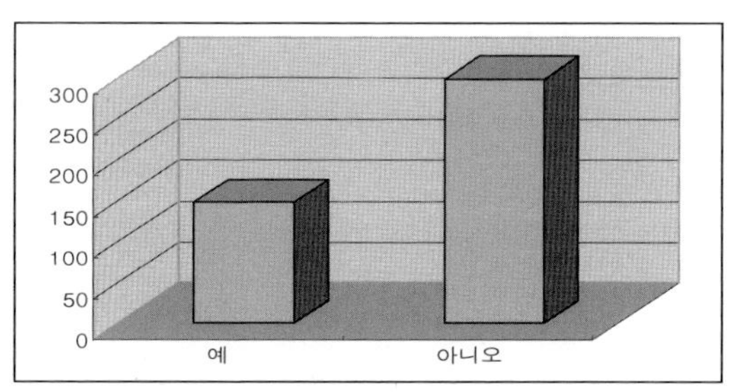

〈그림 1〉 일본어 선행학습 유무

　선행학습의 양 및 질에 대한 구체적 분석을 위하여 이들 선행학습 경험이 있는 148명의 학생들에 대한 학습 기간을 분석하였다. 그 결과는 <표 5>와 같다.

〈표 5〉 선행학습 기간

3개월 미만	3~6개월	6~12개월	1년 이상
75(51%)	25(17%)	27(18%)	21(14%)

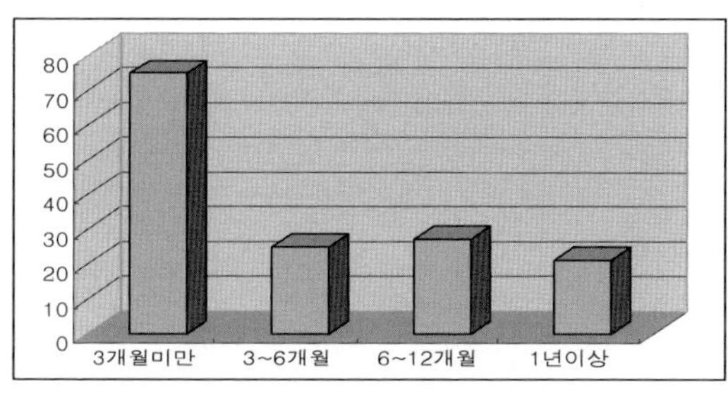

〈그림 2〉 선행학습 기간

　결과는 약 51%의 학생, 즉 75명이 3개월 미만의 일본어 학습 기간을 가진 것으로 분석되었다. 반면 3~6개월, 6~12개월, 1년 이상의 학생들도 있어 일본어 선행학습 경험이 있는 학생들 가운데도 일본어 능력의 차이가 매우 클 것으로 예상된다.

선행학습 기간에 이어 일본어 선행학습 방법에 대한 분석을 하였다. 결과는 <표 6>과 같다. 약 43%의 학생, 즉 63명의 학생들이 일본어 선행학습 방법이 중학교 때 특기적성교육이라고 답하였다. 이와 같은 응답 결과는 제7차 교육과정에서의 특기적성교육 등의 강화 및 재량활동 시간의 증가에 기인한 것으로, 중학교 과정에서 학교가 주관하는 일본어 정규 수업이 공식적으로 늘어날 가능성이 많음을 시사한다. 다시 말해 고등학교에 입학하고 제2외국어로써 일본어를 처음으로 학습하게 되는 학생의 수는 점점 감소할 것으로 예측된다. 이는 현해 제7차 교육과정은 물론이며, 앞으로의 제8차 교육과정 일본어 교과 목표 및 교수 학습 방법에 있어서의 출발점에 대한 큰 변화를 의미한다고 하겠다.

〈표 6〉 일본어 선행학습 방법

독 학	과 외	특기적성	기 타
34(23%)	2(1%)	63(43%)	49(33%)

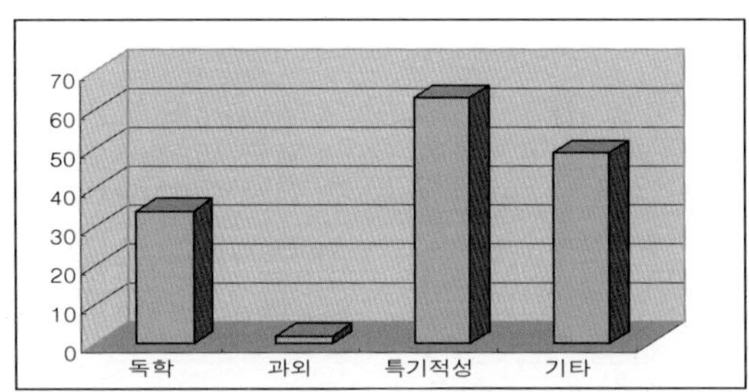

〈그림 3〉 일본어 선행학습 방법

독학 및 과외, 특기적성 이외의 기타 형태로는 학습지, 애니메이션 보기, 언니의 영향, 중학교 아침자습시간, 아버지께 배움, 인터넷강의, 일본 프로그램 등으로, 생활 속에서 일본어를 접할 기회가 많아졌음을 알 수 있는 응답이 많았다.

다음으로 일본어 학습 내용에 대한 설문으로 결과는 <표 7>과 같다.

<표 7> 일본어 학습 내용

문 화	문 자	회 화	문 법	기 타
14(10%)	50(34%)	46(31%)	30(20%)	8(5%)

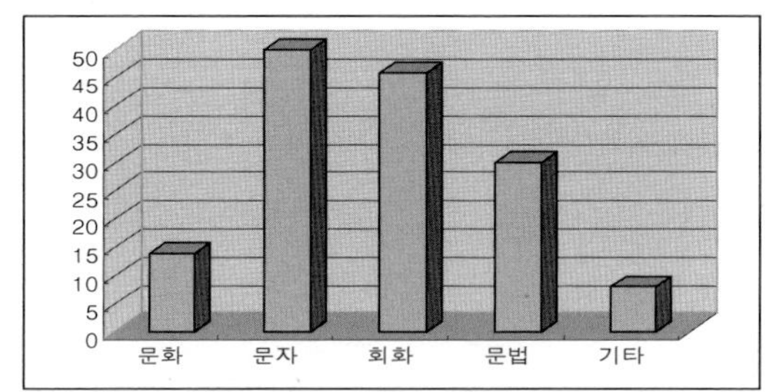

<그림 4> 일본어 학습 내용

34%의 학생, 즉 50명의 학생이 문자학습, 31%의 학생, 즉 46명이 회화 학습이라고 답하여 전체 선행학습 경험이 있는 학생 148명 가운데 65%, 즉 96명의 학생이 기초학습에 해당하는 문자 및 간단한 회화로 답하고 있다. 문화, 문법, 문자, 회화 등을 모두 했다고 답한 학생들은 기타로 표기하였다.

학생들의 이상의 선행학습 결과를 바탕으로 스스로의 일본어 능력에 대한 자가 진단을 부탁하였다. 그 결과는 <표 8>과 같다.

ひらがな만이라고 답한 학생, カタカナ도 알고 있는 학생, 기본 인사가 가능한 경우, 자기소개가 가능한 경우, 짧은 작문이 가능한 경우 등의 순서로 나누어 질문한 결과 カタカナ까지 알고 있는 학생들이 의외로 많았고(44%), 선행학습을 한 학생들은 대다수(95%)가 기본 인사 및 자기소개가 가능한 것으로 분석되었다. 이러한 결과는 그동안 일본어 입문으로써 2학년 3월 한 달(주당 2~3시간 수업) 동안 문자 학습에 투입되던 시간을 앞으로는 줄일 수 있음과 동시에 더 많은 의사소통

중심 활동 시간의 확보 및 그에 따른 교수 학습 자료 개발의 필요성을
요구하는 결과로 분석된다.

〈표 8〉 현재 일본어 능력

ひらがな만	カタカナ	기본 인사	자기소개	짧은 작문
51(35%)	14(9%)～44%	48(32%)～76%	28(19%)～95%	7(5%)～100%

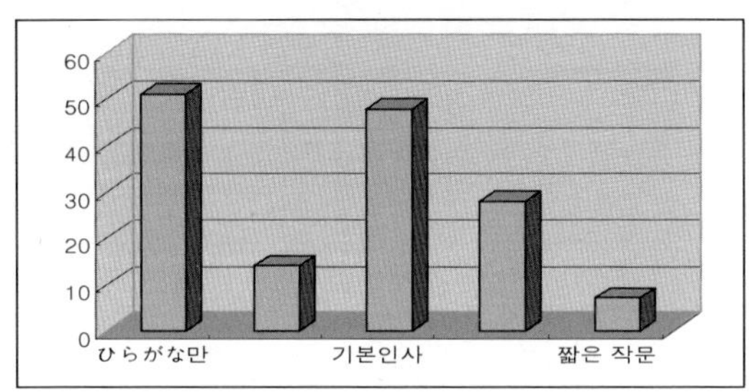

〈그림 5〉 현재 일본어 능력

전체 학생들에게 이번에는 일본에 대한 경험에 관한 질문을 하였다.
그 결과 일본에 다녀온 적이 있는 학생은 전체 446명 가운데 40명, 즉
9%였다. 해외여행이 증가하고 일본과 지리적으로 인접한 부산 시내 학
생들에 대한 설문이었지만, 일본 방문의 경험은 그렇게 많지 않은 것
으로 분석되었다.

〈표 9〉 일본 여행 경험

예	아니요	무응답
40(9%)	401(90%)	5(1%)

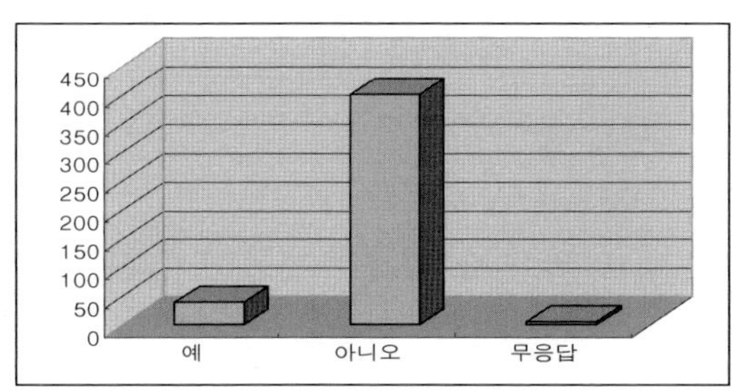

〈그림 6〉 일본 여행 경험

　일본 방문을 경험한 학생에 한해 일본에 가게 된 이유를 분석하였다. 그 결과는 <표 10>과 같다. 일본 방문 경험이 있는 학생 가운데 89%의 학생이 가족 여행으로 답했으며, 10%의 학생이 자매학교 방문으로 답하였다.

〈표 10〉 일본 방문 이유

여 행	자매학교	기 타
35(88%)	4(10%)	1(1%)

　일본 방문 기간에 대한 질문 결과 67%의 학생들이 1주일 이내의 단기체제인 것으로 분석되었다.

〈표 11〉 일본 체제 기간

1주일 이내	2주 이내	1달 이상
27(67%)	9(22%)	4(1%)

C. 일본어 필요 및 학습 양식 분석

일본어 학습의 필요 및 학습 양식에 대한 분석을 하였다. 먼저 일본어를 배우는 이유에 대한 질문을 하였고 본 질문에 대한 응답은 중복 응답이 가능하도록 하였다. 그 결과는 <표 12>와 같다.

일본어를 배우는 이유에 있어 가장 많은 응답 결과를 보인 것은 일본 미디어를 접하고 싶어서, 일본에 대한 호기심, 일본인과의 대화 순이었다. 이러한 결과는 최근 인터넷의 급증 및 멀티미디어 관련 기술의 발달로 누구나 손쉽게 많은 나라의 미디어를 쉽게 접할 수 있게 되었으며, 특히 앞서 서론에서도 언급하였듯이 제4차 일본대중문화 개방 등을 통해 그동안 접하기 어려웠던 일본의 방송, 영화, 애니메이션, 게임 및 기타 관련물들이 대량 유입되면서 학생들에게 많은 자극과 호기심을 가져다주고 있는 결과로 판단된다. 이러한 결과는 학생들이 다양한 일본의 미디어를 접함에 있어 질적 미디어의 선택 및 관련 경험을 통한 일본어 학습으로의 전환 등과 관계된 학교 및 교사 차원의 구체적 노력이 필요함을 의미한다 하겠다.

기타 이유에는 일본과 과거사에 대해 싸우고 싶어서, 일본을 알아야 일본을 이길 수 있다, 세계 경제에 대비, 신기해서, 전에 배웠던 것을 잊어버리지 않게 하기 위해, 일본어와 불어 중 일본어가 더 쓸 곳이 많다고 해서, 여행하고 싶어서, 좋아서, 글씨가 예뻐서, 수능 치려고, 취직에 도움이 되어서, 우리나라 말과 비슷해서 배우기 쉬울 것 같아서, 요즘 일본어는 영어랑 같이 기본이라고 해서, 애니메이션, 음악, 만화책 등이 좋아서, 중학교 때도 배워봐서 더 자세히 배우고 싶다, 일본이 선진국이라서, 영어를 못해서 등 매우 다양한 이유들이 있었다.

반면 무응답 학생들도 36명, 전체 446명 가운데 8%가량 있었는데, 이는 제2외국어의 선택이 학생의 자율보다는 소속 학교에 의해 결정되는 경우가 많기 때문으로 판단된다.

<표 12> 일본어를 배우는 이유(중복응답)

일본 미디어를 접하고 싶어서	241(54%)
일본에 대한 호기심	214(48%)
일본인과 대화	176(39%)
일본에 유학	107(24%)
일본에 가족이나 친척	10(2%)
기 타	75(17%)
무응답	36(8%)

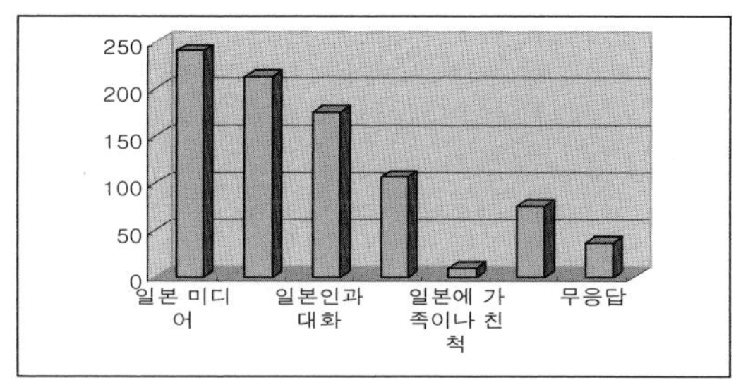

<그림 7> 일본어를 배우는 이유

일본과 관련하여 가장 관심 있는 분야는 일본어보다 일본 문화가 배 이상 높은 응답을 보였다. 즉 일본어는 120명, 27%였으며, 일본 문화는 247명, 즉 55%로 응답자의 과반수가 일본어보다는 일본 문화에 관심을 가지고 있는 것으로 분석되었다. 이는 문화 이해를 강화하고 있는 제7차 교육과정의 취지가 매우 적합하였음을 확인할 수 있는 결과로, 일본어 수업에 있어 직접적인 일본어 학습보다는 일본 문화를 활용한 의사소통 중심 일본어 학습으로의 수업이 더욱 원활히 될 수 있도록 해야 함에 대한 중요한 근거를 보여주는 결과라 하겠다.

〈표 13〉 일본 관련 관심 분야

일본어	일본 역사	일본 문화	기 타	무응답
120(27%)	23(5%)	247(55%)	32(8%)	24(5%)

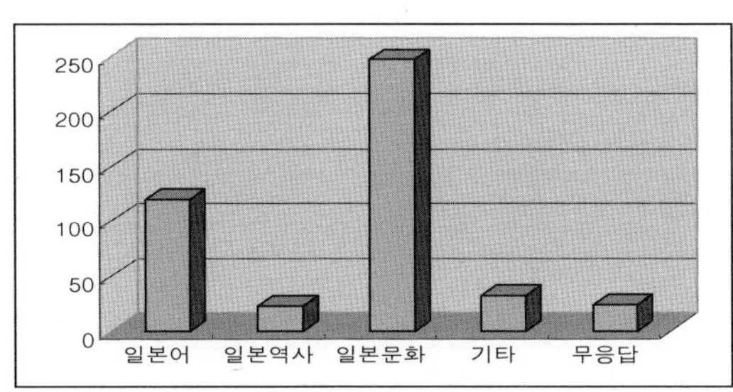

〈그림 8〉 일본 관련 관심 분야

기타 의견으로는 애니메이션, 경영방식, 일본의 선진기술, 관광산업, 만화 디자인, 음식, 역사왜곡, 일본사람, 패션, 음악, 만화 등이 있었다.

다음으로 외국어 수업으로서 일본어 수업시간에 배웠으면 하는 것에 대한 질문을 회화, 작문, 독해, 기타로 나누어 하였다. 결과는 <표 14>와 같다.

응답자 446명 가운데 341명의 학생, 즉 76%의 학생이 회화 학습을 희망하고 있었다. 기타 의견으로는 일본을 이길 방법, 다 골고루 배웠으면 좋겠음, 듣기, 문화 등이 있었다.

〈표 14〉 수업 중 중심 영역

문 법	회 화	작 문	독 해	기 타	무응답
20(4%)	341(76%)	13(3%)	39(10%)	18(4%)	15(3%)

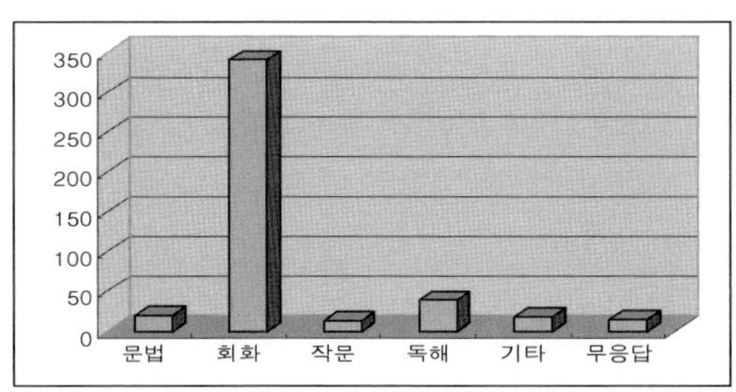

<그림 9> 수업 중 중심 영역

　　제7차 일본어 교육과정에서는 일본 문화 수업이 강조되고 있다. 뿐만 아니라 일본과 관련하여 가장 관심 있는 분야에 대한 질문에서도 55%의 학생들이 일본 문화라고 답했음을 앞서 설문에서 확인할 수 있었다. 일본 문화를 전통 문화와 현대 문화로 나누어 질문을 하였다. 결과는 <표 15>과 같다.

　　학생들은 67%의 학생들이 전통문화보다는 현대문화에 관심이 있는 것으로 응답하였다.

<표 15> 일본 문화 중 관심영역

전통 문화	현대 문화	무응답
96(22%)	300(67%)	50(11%)

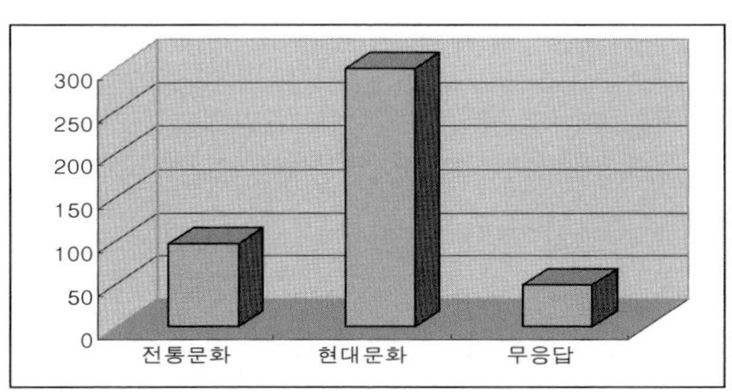

<그림 10> 일본 문화 중 관심영역

이에 전통문화라고 답한 학생들과 현대문화라고 답한 학생들에게 각
각 그 하위문화에 대한 질문을 하였다. 먼저 전통문화(96명)에 대한 질
문 결과는 <표 16>과 같다.

<표 16> 전통 문화 관심영역

연중행사	키모노	일본고유스포츠	다　도	기　타
28(29%)	33(34%)	9(9%)	14(15%)	12(13%)

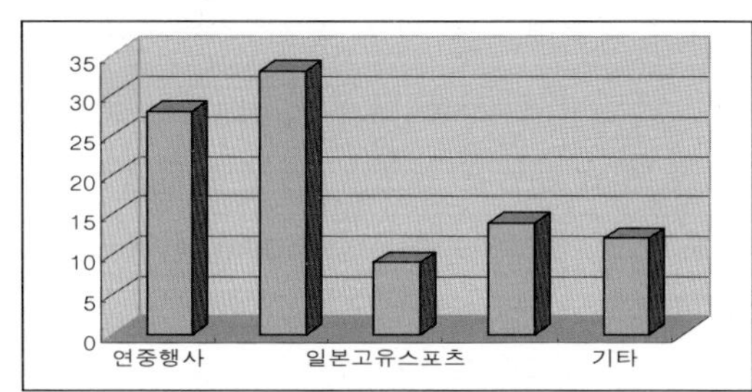

<그림 11> 전통 문화 관심영역

응답 결과 학생들은 일본의 전통의상인 키모노에 가장 많은 관심을
보였으며, 다음으로 연중행사, 다도, 일본 고유 스포츠 순이었다. 기타
의견으로는 축제, 왕족, 및 역사적 인물 사, 및 음식 등이 있었다.

현대문화(300명)와 관련한 질문에서는 <표 17>에서 알 수 있듯이
52%의 학생들이 만화 및 애니메이션에 관심이 있다고 응답하였다. 다
음으로 가요, 영화, 스포츠 순이었다.

<표 17> 현대 문화 관심영역

영　화	만화, 애니	스포츠	가　요	기　타	무응답
37(12%)	156(52%)	12(4%)	52(18%)	34(11%)	9(3%)

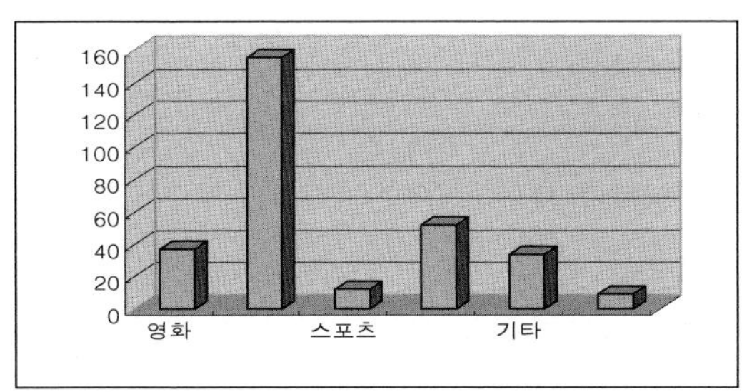

〈그림 12〉 현대 문화 관심 영역

  기타 의견으로는 드라마, 의류(패션), 일본연예인(쟈니스), 유행, 디자인, 길거리, 사회, 경치, 축제, 오락문화, 문화, 헤어 등 매우 다양한 부분이 있었다.

D. 컴퓨터 관련 준비도 분석

  제7차 교육과정에서는 인터넷을 활용한 일본어, 일본어로 메일 보내기 등이 중요한 학생활동으로 제안되고 있다. 이에 학생들의 일반적 컴퓨터 관련 준비도에 대한 설문을 하였다. 컴퓨터 사용 시간에 대한 설문 결과는 <표 18>와 같다.

  전체 응답자 446명 가운데 3명만이 무응답으로 컴퓨터를 사용하지 않는 것으로 판단되며, 67%(302명)로의 학생들이 하루에 1시간 이내의 컴퓨터를 사용하는 것으로 나타났다. 적은 수이긴 하지만 10명, 즉 2%의 학생들이 하루 5시간 이상 컴퓨터를 사용한다고 응답하였다.

<표 18> 하루 컴퓨터 사용 시간

1시간 이내	2~3시간	3~4시간	5시간 이상	무응답
302(68%)	113(25%)	18(4%)	10(2%)	3(1%)

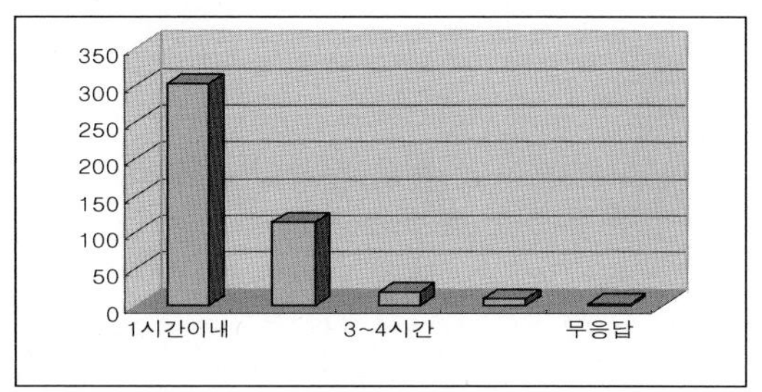

<그림 13> 하루 컴퓨터 사용 시간

일반적 컴퓨터 사용 능력에 대한 질문 결과는 <표 19>과 같다. 일반적 컴퓨터 사용 능력에 대한 질문은 중복 응답이 가능하도록 하였다.

84%(376명)의 학생들이 워드 문서를 작성할 수 있었으며, 70%(314명)의 학생들이 파워 포인트 등 프레젠테이션 기능 프로그램을 활용할 수 있었다. 71%(320명)의 학생들이 E-메일을 자주 사용한다고 응답했으며, 43%(192명)의 학생이 통계 처리 등이 가능한 엑셀 문서를 작성할 수 있는 것으로 나타났다. 이 밖에도 33%(149명)의 학생들이 개인 홈페이지를 만들 수 있으며, 35%(157명)의 학생이 화상 채팅의 경험이 있는 것으로 응답하였다.

기타 의견으로는 게임, 카페활동, 검색, 메신저, 태그소스, 정보처리, 포토샵, 자료다운받기, 영화보기, 애니메이션 보기 등 다양한 컴퓨터 활용 능력을 제시하였다.

이러한 결과로, 2004년 현재 고등학교 1학년에 재학 중인 학생들은 일반적 컴퓨터 사용 능력에 있어 큰 문제가 없는 것으로 판단되며, 비교적 많은 학생들이 다양한 방법으로 컴퓨터를 사용하고 있음을 알 수 있었다.

〈표 19〉 일반적 컴퓨터 사용 능력(중목 응답)

워드 문서를 작성할 수 있다	376(84%)
엑셀 문서를 작성할 수 있다	192(43%)
파워포인트를 작성할 수 있다	314(70%)
개인 홈페이지를 만들 수 있다	149(33%)
E-메일 등을 자주 사용한다	320(71%)
화상 채팅 등의 경험이 있다	157(35%)
기　타	38(9%)
무응답	12(3%)

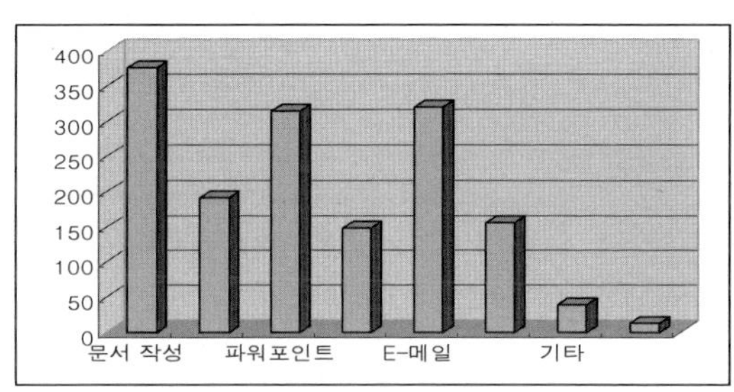

〈그림 14〉 일반적 컴퓨터 사용 능력

　이에 일본어 관련 컴퓨터 사용 능력에 대한 설문을 하였다. 결과는 <표 20>과 같다.

〈표 20〉 일본어 관련 컴퓨터 사용 능력

일본어로 워드 문서를 작성할 수 있다	19(4%)
일본어로 E-메일을 보낼 수 있다	0(0%)
일본 웹사이트를 번역기 등을 통해 검색할 수 있다	55(12%)
기　타	372(83%)

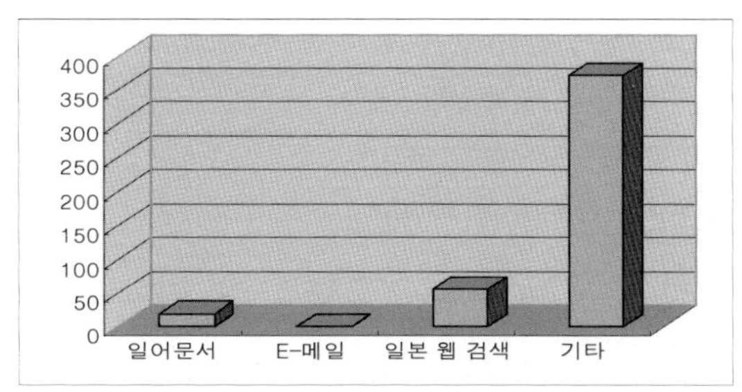

〈그림 15〉 일본어 관련 컴퓨터 사용 능력

일본어 관련 컴퓨터 사용 능력에 대한 응답 결과는 83%(372명)의 학생들이 아무것도 못함, 안 해봤음, 접속은 가능, 누나가 일본드라마를 봐서 같이 본 적이 있다, 일본 노래를 들을 수 있다 등의 기타 의견으로 답하였다. 일본어 교과 학습과 직접적 관계가 있는 일본어 문서 작성(4%) 및 메일 보내기(0%), 일본 웹사이트 등에 대한 검색(12%) 능력을 가진 학생들은 적은 수에 불과했다.

이는 영어와 달리 일본어는 일본 한자 및, 자판에 바로 표기되어 있지 않고, 영어 발음 등으로 바꾸어 입력해야 하는 번거로움이 있기 때문인 것으로 판단된다. 하지만, 일반적 컴퓨터 사용 능력으로 보아 일본어 입력 등과 관련된 기능은 단시간에 수월하게 익힐 수 있을 것으로 기대되며, 이를 위해서는 일본어 입력과 관련된 기본적인 방법 및 활용에 대한 수업이 구체적으로 일본어 수업 중에 실시되어야 할 것으로 생각된다.

끝으로 일본어 웹사이트 검색 능력을 가진 학생들에게 어떤 웹사이트를 검색하는지에 대한 질문을 하였다. 그 결과는 만화 주간, 월간지 사이트, 가수, 음악, 애니메이션정보 사이트, 쇼핑몰, 게임정보사이트, 문화, 아카히바라 사이트, 유명한 일러스트레이터의 홈페이지, 투앤투, NHK 방송국, 오리콘차트, 대학, 배용준 홈페이지, 쟈니스, 게임사이트, 연예인 관련된 사이트, 일본 인형, 캐릭터, 가수 팬페이지, 패션, 디자인, 곤충동호회사이트, 스포츠관련사이트, 패러디사이트 등 주로 만화, 애니메이션, 연애, 오락 관련 사이트의 검색이 많았다.

Ⅲ. 결 론

　본 연구는 수업 설계의 출발점으로서 수요자의 필요에 대한 조사 및 분석의 필요성을 절감하고 2004년 현재 고등학교 1학년 일본어 학습자(2005년 일본어를 교육과정상 학습하기 시작하는 학년)를 대상으로 필요분석에 대한 연구를 질문지법을 이용하여 실시하였다.

　그 결과는 다음과 같이 요약할 수 있으며, 교육현장에서 이하 학생들의 필요 분석에 근거하여 수업이 설계되고 진행되길 제안한다.

　첫째, 일반적 분석으로 설문에 응한 총 446명의 학생 가운데 42%, 188명의 학생이 남학생이었고, 58%, 258명의 학생이 여학생이었다.

　둘째, 일본어 능력 준비도 분석 결과 33%의 학생들이 일본어에 대한 선행학습 경험이 있었다. 선행학습 경험이 있는 학생들의 선행학습 기간은 51%의 학생이 3개월 미만이었으며, 43%의 학생이 중학교 때 특기적성교육시간을 통해 일본어를 학습한 것으로 응답하였다. 이와 같은 응답 결과로 고등학교에 입학하고 제2외국어로서 일본어를 처음으로 학습하게 되는 학생의 수는 점점 감소할 것으로 예측된다. 이는 현해 제7차 교육과정은 물론이며, 앞으로의 제8차 교육과정 일본어 교과 목표 및 교수 학습 방법에 있어서의 출발점에 대한 큰 변화를 의미한다고 하겠다.

　뿐만 아니라 선행학습 결과를 바탕으로 한 일본어 능력에 대한 자가 진단 관련 응답 결과는 선행학습을 한 학생들은 대다수(95%)가 기본 인사 및 자기소개가 가능한 것으로 분석되었다. 이러한 결과는 그동안 일본어 입문으로써 2학년 3월 한 달 동안 문자 학습에 투입되던 시간을 앞으로는 줄일 수 있음과 동시에 더 많은 의사소통 중심 활동 시간의 확보 및 그에 따른 교수 학습 자료 개발의 필요성을 요구하는 결과로 분석된다.

셋째, 일본어 필요 및 학습 양식과 관련한 분석에서 일본어를 배우는 이유에 있어 가장 많은 응답 결과를 보인 것은 일본 미디어를 접하고 싶어서였다. 이러한 결과는 최근 인터넷의 급증 및 멀티미디어 관련 기술의 발달로 누구나 손쉽게 많은 나라의 미디어를 쉽게 접할 수 있게 됨으로 나타난 결과로 분석된다. 아울러 이러한 결과는 학생들이 다양한 일본의 미디어를 접함에 있어 질적 미디어의 선택 및 관련 경험을 통한 일본어 학습으로의 전환 등과 관계된 학교 및 교사 차원의 구체적 노력이 필요함을 의미한다 하겠다.

한편, 일본과 관련하여 가장 관심 있는 분야는 일본 문화로 247명, 즉 55%로 응답자의 과반수가 일본어보다는 일본 문화에 관심을 가지고 있는 것으로 분석되었다. 이는 문화 이해를 강화하고 있는 제7차 교육과정의 취지가 매우 적합하였음을 확인할 수 있는 결과로, 일본어 수업에 있어 직접적인 일본어 학습보다는 일본 문화를 활용한 의사소통 중심 일본어 학습으로의 수업이 더욱 원활히 될 수 있도록 해야 함에 대한 중요한 근거를 보여주는 결과라 하겠다.

끝으로, 컴퓨터 관련 준비도 분석 결과, 2004년 현재 고등학교 1학년에 재학 중인 학생들은 일반적 컴퓨터 사용 능력에 있어 큰 문제가 없는 것으로 판단되며, 비교적 많은 학생들이 다양한 방법으로 컴퓨터를 사용하고 있음을 알 수 있었다.

다만, 일본어 관련 컴퓨터 사용 능력에 대한 응답 결과, 일본어 교과 학습과 직접적 관계가 있는 일본어 문서 작성(4%) 및 메일 보내기(0%), 일본 웹사이트 등에 대한 검색(12%) 능력을 가진 학생들은 적은 수에 불과했다. 이는 영어와 달리 일본어는 자판에 바로 표기되어 있지 않고, 영어 발음 등으로 바꾸어 입력해야 하는 번거로움이 있기 때문인 것으로 판단된다. 하지만, 일반적 컴퓨터 사용 능력으로 보아 일본어 입력 등과 관련된 기능은 단시간에 수월하게 익힐 수 있을 것으로 기대되며, 이를 위해서는 일본어 입력과 관련된 기본적인 방법 및 활용에 대한 수업이 구체적으로 일본어 수업 중에 실시되어야 할 것으로 생각된다.

요컨대, 일본어 수업 설계를 위한 학습자의 필요분석에 대한 연구 결과, 제7차 교육과정이 본 괘도에 오른 2004년 현재 고등학교 1학년 학생들은 3명 가운데 1명이 일본어 관련 선행학습을 통해 문자 및 간단한 인사와 회화가 가능하며, 대부분의 학생들이 일반적 컴퓨터를 사용하는 능력을 가지고 있다. 이들은 일본어보다는 일본 문화, 특히 현대 문화, 그 가운데서도 만화 및 애니메이션 등에 관심이 많으며 일본어로 입력하는 등의 일본어 관련 컴퓨터 사용 경험은 매우 적은 것으로 분석되었다.

부 록

안녕하십니까?
저는 신라대학교 일어교육과 교수 이명희입니다.
 다음 질문지는 2004년 현재 고등학교 1학년을 대상으로 일본어 교육에 대한 학습자 필요 분석을 위해 작성된 것입니다.
 각 문항을 잘 읽고 평소 일본어와 관련하여 느낀 점들을 솔직하게 대답해 주시기 바랍니다.
 본 설문지는 무기명으로 실시되므로 개인적인 비밀이 보장되며 응답해주신 내용의 결과는 학문적인 연구목적 이외에는 사용되지 않을 것임을 약속드립니다.

2004년 9월
신라대학교 일어교육과 이명희 드림

Ⅰ. 응답자에 관한 질문입니다.
◼ 해당 사항을 골라 √표해 주십시오.

1. 성 별
남 □   여 □

2. 현 거주지
금정구 □   기장군 □   부산진구 □
사상구 □   수영구 □   사하구 □

Ⅱ. 일본어 출발점에 관한 질문입니다.
◼ 해당 사항을 골라 √표하거나 해당 사항을 직접 기재해 주십시오.

1. 일본어 선행학습 경험 유무에 대한 질문입니다.
1) 일본어를 고등학교 입학 전에 학습한 경험이 있습니까?
예□   아니오□

☞ "예"라고 답한 사람만 다음 질문에 답하시오.
(1) 학습 기간은 얼마나 됩니까?
3개월 미만□   3~6개월□   6~12개월□   1년 이상□

(2) 학습 방법 및 형태는?
독학□   학원□   과외□   특기적성교육□
기타□ (직접 기록해 주세요)

(3) 일본어 학습 내용은?
문화□   문자□   회화□   문법□
기타□ (직접 기록해 주세요)

(4) 현재 자신이 생각하는 일본어 능력은?
ひらがな는 읽고 쓸 수 있다□
ひらがな와 カタカナ를 읽고 쓸 수 있다□
기본적인 인사말은 할 수 있다□
간단히 자기소개를 할 수 있다□
짧은 문장의 일본어 작문이 가능하다□

2. 일본에 다녀온 적이 있습니까?
예□   아니오□

☞ "예"라고 답한 사람만 다음 질문에 답하시오
1) 일본에 가게 된 이유는?

여행□   자매학교□

어학연수□   기타□(직접 기록해 주세요)

2) 일본 체류 기간은?

일주일 이내□   2주 이내□   1달 이내□   1달 이상□

Ⅲ. 일본어 필요에 관한 질문입니다.

1. 일본어를 배우는 이유는 무엇입니까?

□에 순서대로 번호를 기입해 주십시오(3번까지만 기입해 주십시오)

일본 미디어를 접하고 싶어서□

일본에 대한 동경과 호기심 때문에□

일본인과 이야기 하고 싶어서□

일본에 유학 가고 싶어서□

일본에 가족이나 친척이 있어서□

기타□ (직접 적어주세요)

2. 일본과 관련하여 가장 관심 있는 분야는?

일본어□   일본역사□

일본문화□   기타□ (직접 적어주세요)

3. 고2 때부터 시작되는 일본어 수업에서 가장 중점적으로 배웠으면

하는 것은?

문법□   회화□   작문□

독해□   기타□ (직접 적어주세요)

4. 일본문화 가운데 특히 관심 있는 영역은?

전통문화□   현대문화□

☞ 전통문화라고 답한 사람만 답하세요.

1) 전통문화 가운데 특히 관심 있는 영역은?

연중행사□　　　키모노□　　　　　일본고유스포츠□

다도□　　　기타□(직접 적어주세요)

☞ 현대 문화라고 답한 사람만 답하세요.

2) 현대문화 가운데 특히 관심 있는 영역은?

영화□　　　만화, 애니메이션□　　　　　스포츠□

가요□　　　기타□(직접 적어주세요)

Ⅳ. 컴퓨터 관련 준비도에 관한 질문입니다.

1. 평균 하루 컴퓨터 사용 시간은?

1시간 이내□　2~3시간□　　　3~4시간□　　　5시간 이상□

2. 일반적 컴퓨터 사용 능력은?(중복 선택 가능)

워드문서를 작성할 수 있다□

엑셀 문서를 작성할 수 있다□

파워포인트를 작성할 수 있다□

개인 홈페이지를 만들 수 있다□

E-메일 등을 자주 사용한다□

화상 채팅 등의 경험이 있다□

기타□(직접 적어 주세요)

3. 일본어 관련 컴퓨터 사용 능력은?(중복 선택 가능)

일본어로 워드 문서를 작성할 수 있다□

일본어로 E-메일을 보낼 수 있다□

일본 웹사이트를 번역기 등을 통해 검색할 수 있다□

기타(직접 적어 주세요)

☞ 일본 웹사이트를 번역기 등을 통해 검색할 수 있다에 표한 사람
만 답해주세요
1) 주로 일본의 어떤 웹사이트를 검색하는지요(직접 기록해 주세요)

♥응답해 주셔서 대단히 감사드립니다. 소중한 자료로 사용하겠습니
다. 감사합니다.

참고문헌

교육부(2000). 고등학교 교육과정해설⑫ 외국어. 교육부 고시 1077-15호.

김인식·권요한역(1995). 수업설계의 원리. 교육과학사: 서울.

손병길, 반문섭(2001). ICT 활용 교육의 방향, 교과별 ICT의 효율적인 활용을 위한 교수-학습 전략 탐색 학술 세미나 자료집, pp.3-23.

우찬삼(2000). 일본어 교육학 개론. 도서출판 계명: 서울.

이덕봉(2001). 일본어 교육의 이론과 방법. 서울: 시사일본어사.

이명희·이정희·정희영(1998). 고등학교 일본어 교육에 있어서 도구 및 매체로서의 컴퓨터 활용 방안. 신라대학교 교육과학연구소.

이명희·정희영(2004). 일본어 교과교육론. 서울: 도서출판 책사랑.

이칭찬(1995). 교육방법과 교육공학. 문음사: 서울.

정재삼·임규연(2000). 웹 기반 토론에서 학습자의 참여도, 성취도 및 만족도 관련요인의 효과 분석, 교육공학연구, 16(2), pp.107-136.

小林ミナ(1998). よくわかる教授法. アルク: 東京.

高見澤孟(1989). 新しい外國語教授法と日本語教育. アルク: 東京.

高見澤孟(2000). はじめての日本語. アスク: 東京.

中西家榮子·芽野直子(1996). 實踐日本語教授法. バベル·プレス: 東京.

· 저자 ·

이명희   •약 력•
일본 동북대학 대학원 박사과정 수료
부산대학교 대학원 멀티미디어 협동과정 교육학박사
現) 신라대학교 사범대학 일어교육과 교수

정희영   •약 력•
한국교원대학교 대학원 교육학석사
부산대학교 대학원 인지과학 협동과정 교육학박사
現) 장안제일고등학교 일본어 교사

일본어 교육의 다양한 접근

· 초판 인쇄   2008년 2월 15일
· 초판 발행   2008년 2월 15일

· 지 은 이   이명희·정희영
· 펴 낸 이   채종준
· 펴 낸 곳   한국학술정보㈜
　　　　　　 경기도 파주시 교하읍 문발리 513-5
　　　　　　 파주출판문화정보산업단지
　　　　　　 전화 031) 908-3181(대표) · 팩스 031) 908-3189
　　　　　　 홈페이지 http://www.kstudy.com
　　　　　　 e-mail(출판사업부) publish@kstudy.com
· 등   록   제일산-115호(2000. 6. 19)
· 가   격   25,000원

ISBN   978-89-534-8416-0 93830 (Paper Book)
　　　　 978-89-534-8417-7 98830 (e-Book)